우리는 레디메이드 인생인가?

-생명공학이 말하는 우리의 삶-

우리는
레디메이드
인생인가?

생명공학이 말하는 우리의 삶

•• 노민석 지음

함께읽는책
COBOOK

만들어진 생명에서
만들어가는 삶을 위하여
-DNA는 생명체와 삶의 연결언어-

산기슭과 논두렁의 들풀은 바람에 흔들리고, 계절을 따라서, 세월을 따라서, 풀은 나고, 또 나고, 생명체는 영원을 지향하는 운명인가?

우주가 처음 열리고 지구가 탄생한 이후, 그 혼돈의 지구 위에서 원시생명체가 출현한 이래, 약 25억 년의 세월이 흘렀고, 이제 인류역사 1만 년을 지나면서, 생명체의 신비는 생명과학의 위에서 그 모습을 드러내고 있다. 불과 약 300여 년 전에 현미경의 발명으로 미생물 세포의 존재가 확인되고, 그 세포의 생명의 유전물질로서 DNA가 밝혀진 지난 1953년 이후, 지난 50년 사이에 지나간 인류시대 동안 일어났던 변화만큼이나 큰 변화가, 유전공학과 생명공학이라는 이름으로 우리의 현재 생활에 접근해 있다. 지금 생명과학의 고속열차는 가속의 극한을 향하여 달리고 있고, 이 나라의 생명공학도 그 위에 있는 셈이다. 생명공학은 말 그대로 생명체의 공학으로 우리 곁에 다가와 있는 것이다.

물은 흐르지만 스스로 흐르지 않고, 바위는 화산활동에서 생성되고 풍상설우에 분해되지만, 스스로 생성하거나 분해하지 않는다. 그러나 그 환경 위에서 살아가는 생명체는, 그 내부에서 고분자물질을 분해하고 합성하는 대사작용이 일어나, 스스로 움직여 자기증식과 복제를 하면서 생명을 이어간다. 무생물체는 환경의 변화와 무변화 속에서 그대로 영속하는 존재이지만, 생물체는 환경의 변화와 무변화 속에서 시간에 의존하며, 삶과 죽음의 사이를 오고갈 뿐이다.

삶과 죽음은 생물과 무생물의 기준점이지만, 그 삶과 죽음의 사이를 이어주는 매체媒體는 무엇인가?

생명체와 그 생명의 원류源流는 어디인가?

생명체는 DNA 정보로써 기록되고, 생명체의 설계도가 DNA 유전자라고 하는 데는 이론이 없이 명확한 사실이다. 복제된 양, 복제된 소, 복제된 돼지, 그리고 정자 없이 난자만으로 발생된 인간의 수정란 등은, DNA 설계도를 이용하여 만들어진 새로운 생명체들이다. DNA와 세포질, 즉 유전정보와 이의 가공 공장에서 일어나는 복제와 증식의 원리를 이용하는 다양한 생명체의 인위적 제어가 가능해진 것이다. 이제 생명체의 신비는 그늘에 가려져 있지 않은지도 모른다.

하지만, 이러한 생명체의 기본 설계도 DNA에 정신精神과 혼이 기록되어 있을까?

정신과 혼의 세계는 DNA 유전자의 움직임의 결과일까?

이제 "DNA에서 정신으로", 혹은 "DNA에서 에너지로" 라는 방향으로 조금 더 그 설명이 명확해지고 있지만, 생명의 원류는 여전히 아득하다.

유전자의 움직임은 개체의 움직임을 나타낸다. 유전자의 움직임은 개체를 경유하여 자연 생태계의 움직임을 나타내는 것이다. 이러한 움직임은 결국 에너지의 연소, 에너지의 흐름을 따라서 일어난다. 생물에너지의 생성은 광합성, 즉 엽록체와 햇빛과 공기이므로, 결국은 내리쬐는 햇빛에너지의 축적된 에너지가 생명체의 에너지이다. 고대 이집트의 태양신太陽

神 사상은 바로 생명체의 에너지의 흐름을 직시한 것인지도 모른다. 유전자와 에너지, 이는 생명체가 움직이는 기본적 요소이고, 에너지는 삶과 죽음의 사이를 이어주는 매체, 그 연결 통로인지도 모른다.

힘을 쓰는 것은 무력武力이고, 힘을 쓰지 못하는 것은 무력無力인 것처럼, DNA 유전자를 무력화하는 경로는 DNA의 돌연변이이고, DNA의 제어인자이며, DNA의 잠금장치(메칠화)이다. 세포의 유전자는 이 세 가지의 경로 위에서 움직임이 제어된다. 음의 제어와 양의 제어, 음양陰陽의 제어법은 유전자에서도 작용한다.

혼은 육肉에 존재하면서 육에 의해 일부 제어되지만, 또한 혼은 육을 제어한다. 혼과 육은 상호 작용하면서 생명체를 유지하며, 우리의 일상적 생활과 행위는 아마도 육과 혼의 사이에서 나타나는 움직임일 것이다. 너무 배가 고프면, 즉 뇌세포에 공급되는 당분이 모자라면, 우리는 현기증이 나고 정신이 혼미해진다. 이는 분명히 육에 의한 정신 활동의 지배이다. 그러나 죽어가는 육의 고통 속에서도, 정신, 혼을 지키면서 꿋꿋이 죽어간 애국열사愛國烈士들의 혼은 육을 지배한다. DNA는 우리의 몸과 기본적 정신에 관한 정보를 가지고 이를 제어하지만, 고도高度의 정신은 DNA의 제어 영역 밖에 있는지도 모른다.

CD와 DVD 한 장에는 삼차원三次元의 영상과 움직임이 들어있듯이, 세포 속에는 생명체의 정보 DNA가 들어 있다. 생명의 기본인 세포에 있어서 생의 유지가 바른 방향이지만, 원시세포와는 달리, 고등세포에는 생을 중단하는 프로그램도 있다. 이는 더 이상 생을 유지할 수가 없거나, 해서는 안 될 때, 가치의 개념 위에서 세포사細胞死의 프로그램이 작동하는 것이다. 생과 사, 이는 생명체의 모순적 진행 방향이면서, 가치의 역동적인 흐름이다.

그렇다면, 생生의 조건과, 사死의 조건은 이미 결정된 선택이고, 생명체와 그의 활동은 이미 결정된 확률에서의 선택에 지나지 않는가? 우리의 인생은, 이미 결정되어 있는 순서를 따라 움직여 나가는 레디메이드의 경로인 것일까?

여기에 대하여 반기反旗를 드는 것이 환경이다. 생명체는 환경의 공간 속에서, 그 변화에 따라 반응하고 대응하면서, 살아 움직여 나간다. 무변화無變化의 공간 속에서, 혹은 무자극無刺戟의 공간 속에서는 생명체는 움직임이 둔해지고, 마침내는 멈추어 서서 정적靜寂의 죽음에 이른다. 환경의 변화가 생명체를 자극하면서 새로운 생명의 움직임을 낳는 것이다. 이러한 환경의 변화가 무질서와 질서의 혼돈 속에서 나타나는 확률적인 것이고, 이미 결정되어 있는 것이라면, 역시 레디메이드의 가능성의 조건 속에서의 삶일 것이다. 그러나 유한有限의 가능성에서의 선택은 확률이지만, 무한無限의 가능성에서의 선택은 확률이 아니라 창조이다. 우리의 유전자 DNA정보는 유한한 정보이지만, 환경의 변화에 대응하여 생성과 소멸을 반복하는 창조의 영역을 가지고 있다. 이러한 DNA는 변화가 그 본질이다.

그러므로 유전자의 움직임은, 무한의 속에서의 창조적인 움직임이며, 신록의 나뭇잎이 바람에 흔들리는 모양새는, 바람과 나뭇잎이 만들어내는 창조적인 흔들림이다. 그러나 일정한 범위내의 환경 속에서 살아가는 우리는 역시 레디메이드의 인생인가?

2004년 봄에 원남동 언덕
서울대 의대 삼성암연구동에서 노민석

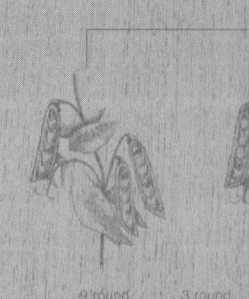

책머리에 · 4

제1부
생명공학과
우리의
삶 · 11

우리의 생태형은 ■ 13

삶과 죽음과 DNA ■ 17

레디메이드 인생인가?-청춘남녀의 만남 ■ 22

사는 유전자와 죽는 유전자 ■ 26

여백의 의미 ■ 30

추위와 DNA ■ 34

진보와 보수의 유전자는 ■ 37

생명체의 흐름 ■ 42

레디메이드 인생인가?-고수와 아전들은 ■ 45

정보화 시대의 주홍 글씨 ■ 51

레디메이드 인생인가?-재래시장의 생물성 ■ 54

제어되지 않는 암세포 ■ 58

구조체와 제어시스템 ■ 62

이 시대의 의식과 유전자 제어 ■ 68

생활에 활력을 ■ 72

토양과 pH 이야기 ■ 76

항상성과 유전자 ■ 81

콩과 장작과 배우와 미토콘드리아 ■ 84

고정적 사고(思考)의 유래 ■ 88

효모의 유전자는 ■ 92

토양과 DNA ■ 95

무거워진 현대인의 기본 시스템 ■ 99

짐승과 DNA칩 ■ 104

DNA는 날아가고 ■ 107

시와 음악에 반응하는 유전자 ■ 110

레디메이드 인생인가?-만들어가는 인생 ■ 114

제2부
우리는
레디메이드
인생인가? · 121

우리의 시간대는 ■ 123

단순과 복잡 ■ 126

황학동 고물상의 다양성과 공통성 ■ 130

한 줄로 세우기는 ■ 135

오늘 얻은 것과 잃은 것은 ■ 141

드라마는 끝나도 ■ 146

뮤턴트(Mutant)와 복권 ■ 150

비 맞는 장군님과 아메리카 인디언 보호지역 ■ 154

너무 앞서 나가는 우리 ■ 159

북아메리카의 바람 ■ 162

새만금과 네이스 ■ 167

순수와 다양성의 공통 분모 ■ 171

자연과 아메리카의 울타리 ■ 175

레디메이드 인생인가?-태풍 '매미'의 의미는 ■ 179

레디메이드 인생, 시대는 가고 ■ 183

방학동 은행나무 ■ 188

떠나가는 사람들 ■ 191

정치와 에너지의 생태계 ■ 194

망년가(忘年歌) 이슬 맺힌 백일홍 ■ 198

탄핵정국의 마중물 ■ 201

굴욕과 인욕과 프라이드 ■ 205

간이 버스정류장 ■ 208

창경궁 옆 고가차도 ■ 212

짜장면의 공통성 ■ 215

레디메이드 인생인가?-미움과 사랑과 공존 ■ 218

독자에게 · 221

제1부
생명공학과
우리의
삶

우리의 생태형은

생태生態는 생물이 살아가는 모습으로서, 미생물, 풀벌레, 개미, 잠자리, 물고기 등에서부터 포유동물, 식물, 인간에 이르기까지 지구의 생물권에는 다양한 생물의 무리가 살아가는 생태계가 공존하고 있다. 환경과 생물, 무생물과 생물은 기본적으로는 물질로 이루어지는 공통의 부분이 있지만, 생물은 체내에서의 물질대사를 통하여 개체를 유지 성장시키고, 환경과이 교감交感 속에 생명은 성장해 간다.

　지구상에 살아있는 것들은, 그 중 약 250만 종이 명명命名되어 있고, 그 수는 약 2천만에서 1억 종류에 이를 것으로 추정하지만, 결국은 알 수가 없을 정도의 수가 존재하고 있다. 이러한 살아있는 무리들이 환경과 함께 이루는 생태계는 생명체의 유지와 번식과 활동에 필요한 물질이 순환하는 닫힌계이다. 산과 들의 조그만 연못은 물풀과 물벌레와 작은 물고기 등이 봄, 여름, 가을, 겨울의 사계절을 지나면서 그 속에서 평형을 이루며 살아가는 생태계의 한 모습이다.

　미생물, 식물, 동물의 무리들이 만들어내는 작은 생태계들은 지구의 생명을 풍요하게 하고, 각 개체들은 그 생태계 속에서 자신의 생태적 지위를 가지고 살아간다. 그 지위는 개체가 환경으로부터 먹이를 획득하는 양식, 즉 에너지를 획득하는 능력에 따라 결정된다. 개체는 시간과 공간이 만들어 내는 환경의 변화 속에서 그 살아가는 길이 다르고, 들에서 피는 꽃, 산에서 피는 꽃, 계곡의 물고기, 강가의 물고기, 바다의 물고기, 생명체는 저마다 제 특성과 제 멋으로 살아간다.

다양한 사람들이 이루는 이 사회에서, 도시의 생태계, 시골의 생태계, 서울의 생태계가 다르고, 종로의 생태계, 영등포의 생태계, 강남의 생태계가 같지 않으며, 술집의 생태계, 장사의 생태계, 사업가의 생태계, 정치의 생태계, 문인의 생태계, 노동자의 생태계, 과학자의 생태계가 다르다. 세월을 지나면서 그 속에는 변형된 생태형生態型이 나타난다. 그러나 그 생태형의 공통점은 에너지원으로서 밥을 먹고 산다는 것이고, 다른 점은 밥을 얻는 일이 같지 않음이다. 속리산의 정이품 소나무와 몰운대의 소나무와 북한산의 소나무가 그 모양이 다른 것은, 결국 각 개체가 살아가는 환경이 만들어 내는 특성이다. 같은 잎이라도 솔잎과 떡갈나무 잎의 모양이 같지 않듯이, 사는 곳과 세월 따라 모양이 다르고, 그 모양에는 지나온 경로가 담겨있다.

살아있는 것들, 그 개체의 특성과 생태적 지위는 환경과 게놈 DNA, 유전자에 따라 결정된다. 그러므로 사실은 DNA가 각 개체의 생태적 지위를 결정하는지도 모른다. 그러나 동일한 구조의 생물도 살아가는 장소와 때에 따라 그 모습이 바뀌고, 몇 세대를 지나면 전혀 다른 모습으로 변해가듯이, 우리는 긴 세월을 살아가면서 그 환경에 적응하여 변화해 간다. 산에 사는 사람, 들에 사는 사람, 도시에 사는 사람, 그 모습이 다른 것은 살아남는 모습으로 분화分化해가는 것이다. 혹독한 이 세상의 사회구조 속을 살아가면서, 풍상설우風霜雪雨의 세월을 지나는 동안 살아남아 분화된 우리의 생태형은 어떤 모습일까? 오늘을 살아가는 우리의 생태형은 어떤 모습일까? (2004. 1)

삶과 죽음과 DNA

환경과 생물, 자연과 생명, 이는 우리에게 친근한 말이다. 우리는 지구의 환경 속에서 살고 있다. 무슨 새삼스런 이야기냐고 하지만, 아주 먼 옛날 만주 벌판, 지금은 봄이면 온 하늘을 뒤덮는 황사의 발원지가 되어버린 만주 벌판에서, 우리의 선조들이 말 달리던 시대에는, 그리고 이 나라의 농업인구가 60%를 웃돌던 불과 1960년대 초에는, 우리는 자연과 환경을 별달리 생각하지 않고 살았고,

우물물보다는 오히려 수돗물을 좋아하였다. 그 후 산업화와 고도 성장기를 지난 지금은, 우물물이나 지하수를 슈퍼마켓에서 비싸게 사서 마시고, 집에서도 수돗물을 다시 정수하여 마시며, 물이 사이다나 콜라 만큼이나 비싼 시대이니, '물 쓰듯 한다'라는 말도 어느덧 옛말이 되고 말았다. 이렇듯 우리는 환경의 중요성을 톡톡히 실감하고 있다.

이제 이 나라에서 인간생활의 기본적인 의식주는 그 차원을 넘어서 취향과 즐거움의 대상으로 되었고, 누구나의 관심은 건강하게 오래 사는 데로 모아져, 건강식품, 무공해식품, 건강보조제, 실내 운동기구 등등이 텔레비전과 신문의 광고를 채우고 있다.

예나 지금이나 모두가 오래 살고 싶은 마음이어서, 옛날 2200년 전에 중국의 만리장성을 축조하였던 진시황제는 마침내 불로초를 찾아내도록 하기에 이르렀다. 오래 살고자 하는 욕망은 생명체의 진리이고, 해, 구름, 달, 바위, 물, 사슴, 학, 거북, 대, 불로초와 같은 십장생 가운데서, 학, 사슴, 거북, 대, 불로초는 장수한다는 생물이지만, 그러나 생명체는 유한하고 평등하여 삶과 죽음은 누구도 피할 수가 없음이 또한 생명체의 진리이다.

DNA가 생명체의 공통 언어로서, 모든 생명체의 설계도를 작성하는 유전암호로 밝혀진 1950년대 초 이후, 생명체의 신비는 DNA로 이루어지는 수천 수만 개의 유전자가 나타내는 표현형의 집합으로서 그 모습을 드러낸다. 인간을 나타내는 30억 개의 유전 암호와 다른 생물체의 모든 게놈 DNA의 배열이 밝혀지고 있는 지금, 이 유전정보를 이용하는 생명체의 선택적 조절과 복제가 시도되고 있다.

그러나 생명체를 움직이는 생명의 스위치는 여전히 신비의 그늘 속에 가려져 있고, 환경 속에서 태어나고 성숙되고 완성되는 생물 개체가 그 수명을 다 하였을 때, 그 개체가 가지고 있던 정신 에너지의 다음 이동 단계에 관해서는 여전히 과학의 저편에 있다.

생물체는 환경 속에서 태어나고 성장하며, 죽은 후 그 유체는 분해되어 다시 환경으로 회귀하여 새로운 무생물체나 생물체를 구성하는 성분으로 순환한다. 이러한 물질의 순환계에서 나를 이루고 있던 구성원소들이 나의 죽음과 함께 분해되어 흩어지고, 그리고 얼마의 세월이 흘러서 다시 그 구성원소들이 모여져, 내가 만들어질 수 있을 것인가? 그 확률은 얼마이며, 그 모습은 지금의 나와 같은 모습일까?

그러나 인류탄생 이래 나와 똑같은 사람이 살다 갔으리라고는 생각할 수 없고, 현재의 단편적인 시간관념에 익숙한 나에게는 의미 없는 내용인지도 모른다. 나를 코드하는 30억 개의 DNA와 똑같은 배열의 DNA와, 혹은 나를 구성하는 세포의 DNA를 이용하여 복제된 나를 만들었을 때, 그 복제된 나는 현재의 나의 연장일까 하는 의문은, 똑같은 DNA를 가진 일란성 쌍둥이가 동일인인가 하는 우문과 같을 것이다.

그렇다면 우리를 이끌 수 있는 다음의 가치는 무엇일까? 2500 여 년 전, 석가는 29세 때 생의 본질과 궁극을 찾아서, 세상의 부귀와 영화를 버리고 출가하여, 마침내 천상천하 유아독존의 득도를 한 후 45년간 설법을 하였다. 2000여 년 전, 예수는 30세의 나이에 광야에서 악마와의 담판 이후, 약 3년 반 동안 설법을 하다가 십자가에서 죽음을 맞이하고 3일 후 부활하여 승천하였다. 생명의 본질은 무엇이며 생명은 어디서 왔다가 어디로 가는가? 삶과 죽음은 무엇이며, 삶 이전의 존재의 세계와 죽음 이후의 존재의 세계는 무엇일까? 여기에 대하여서는 무수히도 많은 답이 세상에 제시되고 있다.

이러한 삶과 죽음에 관한 생명의 현상에서, 순환하는 생물과 무생물, DNA에서 생명체로, 다양성의 유전자, 유전자의 자연선택과 변이와 진화, 환경과 유전자, 유전자와 운명, 유전자와 의식과 초의식 등과 같은 주제는 생명공학의 흥미로운 대상임에 틀림이 없다. (2003. 2)

레디메이드 인생인가?

-청춘남녀의 만남-

이 지구상에는 얼마나 많은 생물체가 있을까? 도시의 공원이나, 농촌의 논밭이나, 산기슭의 흙 1그램에는 수억의 미생물이 살고 있고, 장마철 후덥지근한 부엌에 놓아둔 먹다 남은 우유가 변패하는 냄새를 내기 시작할 때는, 그 1밀리리터 안에 백만 개 정도의 미생물 세포가 증식하고 있다. 그러므로 우리가 사는 지구상에 얼마의 생물체가 움직이고 있는지는 신도 모르는 얘기일 거다.

이러한 세포는 종류에 따라서, 어림잡아 30분에 한번씩, 2시간에 한번씩, 혹은 하루에 한번씩 분열이나 출아의 형태로 증식해나간다. 30분에 한번씩 분열하는 대장균 등은 원시핵 세포로서, 양분이나 온도가 충족한 조건이면, 그 한 마리는 하룻밤 동안에 약 160만 개로 그 수가 늘어나며, 만 하루면 280조로 늘어난다. 고등한 동물과는 비교할 수 없이 빠른 이러한 번식 능력은 수시로 변화하는 척박한 환경에서 종족을 유지해야 하는 방법이다.

하나의 세포가 분열할 때, DNA와 세포질이 2배로 늘어나고, 각각 양 등분이 되어 똑같은 두개의 세포로 나누어진다. 사람의 세포는 DNA가 없는 적혈구를 제외하고, 그 아비에서 받은 23개의 DNA염색체와 어미에서 받은 23개가 합쳐진 23쌍의 염색체, 즉 46개의 염색체 DNA를 가진다. 이 46개의 염색체는 약 30억의 DNA 쌍으로 이루어지고 약 5만 개의 유전자 쌍을 가지며, 이 유전자들의 움직임에 따라서 다양한 사람들의 모습이 나타나는 것이다. 46개의 염색체는 세포가 분열하기 전에 복제되어 2배로 증가하고, 다시 정확하게 46개씩으로 나누어져 2개의 체세포로 늘어난다.

이와는 달리, 정소精巢에서는 23쌍 46개의 염색체로써 23개의 염색체만을 가진 정자를 만드는데, 이때 만들어질 수 있는 정자는 2의 23제곱으로 팔백 사십만 종류이고, 여성의 난소卵巢에서 만들어지는 난세포도 같은 방식으로 팔백 사십만 종류가 된다. 이러한 정세포와 난세포가 만나 46개의 염색체를 가진 수정란이 되는데, 한 쌍의 청춘남녀가 만나서 만들어 낼 수 있는 수정란의 가짓수는 팔백 사십만의 제곱으로 칠십 조나 되는 셈이다.

이는 이론적으로는 동일 부모가 칠십 조의 자손을 낳아도 저마다 다른 유전자를 가진 자손이 태어남을 의미한다. 그러므로 그들에게서 유전적으로 동일한 아들, 딸이 태어날 확률은 칠십조 분의 일로, 그것은 없음에 가깝다. 물론 요즈음은 아기 둘을 낳는 부부조차도 그 수가 적지만, 그 태어난 아들과 딸은 이미 오래 전에 인류의 탄생 이래로 결정된 이 확률 값 가운데서 하나의 선택으로 태어나는 것이다.

한 덩어리의 진흙으로 도공陶工이 만들어낼 수 있는 도자기의 모양은 얼마나 될까? 아무도 알 수는 없지만 만들어질 수 있는 도자기 모양의 수는 결정되어 있다. 그러나 어떤 모양을 만들 것인가는 도공의 기술과 마음이고, 혹은 도공의 손끝의 움직임을 지령하는 뇌세포와 유전자와 환경의 관계에 달려있다.

이처럼 가능한 도자기의 수만큼이나 많은 정세포와 난세포의 만남의 가짓수가, 청춘남녀에게는 가능성으로 존재하고 있다. 그러나 어떤 모양새의 아기생명체를 낳을 것인가는, 다시 말해서 어떤 정세포와 난세포가 만나서 수정란으로 될 것인가는, 여전히 청춘남녀의 영역밖에 있는지도 모른다.

장래에는 생명공학의 기술로써, 특정 정세포와 특정 난세포의 DNA를 구별하여 선택적으로 수정란을 만드는 일도 가능할 수 있다. 그러나 현재에 있어서는, 고수高手의 도공이 도자기 작품을 만들기 전에 조용히 마음을 모으고 합장하여 기원을 드리듯이, 청춘남녀도 한번쯤 마음을 모아서, 칠십 조의 확률 가운데서 선택될 그들의 수정란을 위하여, 두 손을 모아 정성껏 기원을 드리는 것은 지극히도 과학적인 일일 것이다. (2003. 8)

사는 유전자와 죽는 유전자

만물의 영장인 사람의 몸은 60조나 되는 고등세포가 균형적으로 증식과 휴면과 죽음을 반복하는 고도의 제어경로에 의해 이루어진다. 그 세포 속의 핵에는 약 30억 개의 DNA염기가 나타내는 생生의 프로그램이 차곡차곡 겹쳐져 들어있고, 그 가운데서 약 5%의 DNA로 이루어지는 유전자에서 생에 필요한 약 5-10만 종류의 단백질이 만들어질 것이라는 추측이지만, 사람의 생활을 지령하는 유전자의 정확한 수는 아직 밝혀져 있지 않다. 이러한 유전자는 크게 기초유전자와 환경유전자로 구분될 수 있는데, 기초적 유전자는 항상 일정하게 작동하면서 사람의 기본적인 생을 유지하고, 환경적 유전자는 생활환경에 반응하면서 몸과 생각의 움직임에 따라 역동적으로 작동하고, 유전자의 발현상發現像, expression profile은 변화한다.

유전자에는 원발암성 유전자原發癌性, proto-oncogene와 같이 세포를 증식시키는 생生의 유전자와 비정상적으로 변형된 세포를 스스로 죽음으로 유도하여 세포사細胞死, apoptosis를 일으키는 사死의 유전자가 있다. 이러한 생과 사의 유전자는 신체의 성장발육기에는 활발하게 움직이지만, 나이가 들면서 그 움직임이 느려지거나 멈추어진다. 그러나 환경적 스트레스나 정신적 스트레스 등이 축적되어 반복적으로 세포에 전달되면 생의 유전자는 지속적으로 작동하여서, 세포는 제어를 벗어나 홀로 끊임없이 증식을 반복하는 암세포로 발전한다. 그러나 이때 사의 유전자가 작동함으로써 세포사가 일어나 그 세포는 사라지고 만다. 이러한 사의 유전자도 변이變異하여 기능하지 않으면, 세포는 스스로 죽음을 유도하는 프로그램이 없어지므로, 암세포의 세력이 커져 결국 암을 일으킨다. 즉 세포에서 생의 유전자가 과도하게 발현되면 사의 유전자가 작동하여 세포의 죽음을 부르고, 암세포를 제어하는 사의 유전자가 작동하지 않으면, 사람의 죽음을 부르게 되는 것이다.

사람이 활동하는 시간에 따라서, 사람이 살아가는 환경에 따라서, 이러한 생사 유전자의 움직임은 변화하고, 또한 이러한 유전자의 움직임에 따라서 사람이 변화한다. 독과 약은 쓰임에 따라서 약이 되기도 하고, 독이 되기도 한다고 하듯이, 생의 유전자가 사를 부르기도 하고, 사의 유전자가 생을 부르기도 한다.

한겨울 속의 진달래는 죽은 듯이 정지해 있고, 새봄의 진달래는 활발하게 움직이듯이, 그 안에서는 여러 유전자들의 작동하는 모습이 다르다. 사계절에 따라서 발현되는 유전자가 다르듯이, 사람의 생각과 감정에 따라서 발현되는 유전자도 다르다. 눈빛이 마음의 움직임을 나타내듯이 작동하는 유전자의 모양은 마음의 움직임을 나타낸다.

눈 내리는 겨울에, 입춘이 다가오는 늦은 겨울에, 어떠한 유전자가 작동하고 움직여야 할 것인지는 우리의 기초적인 프로그램에 의존依存하지만, 그 프로그램은 세월이 가면서 끊임없이 업그레이드된다. 어느 유전자가 독이 되고 어느 유전자가 약이 되는지는 그 프로그램에 따라 결정되지만, 환경과 유전자의 반응 프로그램, 이는 대체로 사람의 영역 안에 있을 것 같다. (2004. 2)

여백의 의미

게놈genome DNA는 생명체의 유전 암호를 기록하는 중요한 원본이다. 그러므로 다른 세포의 게놈 DNA를 본래의 게놈 DNA를 제거한 난세포에 이식하면, 그 게놈 DNA가 코드code하는 생명체를 복제하여 내지만, 이런 핵 치환 복제 생명체는 일부 동일 종種 사이에서 가능한 일이다. 게놈 DNA는 아데닌(A), 구아닌(G), 티민(T), 시토신(C)의 4개의 DNA 염기가 조합하여 수백만 혹은 수십억 개로 나열된 기록이며, 이 가운데서 세 개씩의 DNA염기는 하나의 아미노산을 의미한다. 이러한 DNA의 조합이 유전자를 만들고, 이 유전자에서 만들어지는 아미노산들이 단백질을 만든다. 유전자는 결국 아미노산으로 번역되고 단백질로 만들어져 그 움직임을 나타내는 것이다.

하나의 유전자는 수백, 수천 혹은 수백만 단위의 DNA 배열로 이루어지는데, 그러한 DNA 배열 가운데서 하나라도 바뀌면, 그 유전자에서 단백질로 번역이 되지 않거나 번역된 단백질의 기능이 상실되기도 한다. 이러한 게놈 DNA의 원본은 한 쌍으로 되어 있는데, 혹시 한 쪽에 이상이 생기면, DNA수복 시스템이 작동하여 나머지 한 쪽에 맞추어서 이상이 생긴 부분을 복구한다. 또한 이러한 게놈 유전체는 생명을 복제하는 귀중한 설계 도면이므로 직접 사용되지 않고 수백 수천 개의 RNA 사본이 만들어져, 이 사본의 정보가 코드하는 단백질을 만든다.

사람의 게놈 DNA는 30억 개, 대장균은 464만 개, 고초균은 420만 개, 효모는 1,210만 개, 쥐는 22억만 개, 옥수수는 66억만 개, 백합은 3,000억만 개의 DNA염기로 이루어져 있지만, 실제 단백질을 만드는 유전자 부분은 전체 게놈 DNA의 일부분으로 극히 낮은 비율을 차지한다. 게놈 DNA 전체에는 유전자 영역과 비 유전자 영역이 있는데, 유전자 영역에는 다시 아미노산을 코드하는 부분(엑손)과, 코드하지 않는 부분(인트론)이 있다. 게놈 DNA 에는 유전자가 아닌 영역, 즉 단백질을 만들지 않는 빈 부분이 많이 있는 셈이다.

세균과 같은 원핵세포에는 게놈 DNA 전부가 빈틈없이 유전자로 짜여 있고, 유전자 영역 안에도 공간空間, 인트론이 없다. 반면에 사람의 게놈 DNA에는 약 5%만이 유전자 부분이고, 나머지 영역은 생성과 소멸의 황야의 벌판이다. 고등생물의 게놈에는 이러한 비 유전자적 영역이 많다.

이러한 주인 없이 비어있는 게놈 DNA의 영역은 두 가지 의미를 생각하게 한다. 하나는 변화하는 환경에 대하여 세포는 적응과 대응으로 생존하는데, 게놈 DNA의 빈 영역은 대응의 전략으로써 새로운 유전자의 변이가 일어나는 진화의 공간이다. 다시 말하면 새로운 유전자를 만들고 지우는 창조의 영역이다.

둘째는 허용한계를 벗어나는 환경에 의한 유전자의 타격과 손상을 방지하는 기능을 한다. 마치 중동지역의 넓은 사막에 드문드문 서있는 집들은 전쟁 중에서 날아오는 포탄이나 미사일에 파괴

될 확률이 낮으며, 간혹 고성능의 미사일이 떨어져도 먼지만 풀썩 나는 빈 모래땅인 것과 같은 이치다. 자외선, 열, 건조, 변이성 물질 등과 같이 끊임없이 유전자를 위협하는 외부 환경 인자로부터 게놈 DNA의 빈 영역은 유전자를 보호한다.

기나 긴 생명의 역사 속에서 유전자를 위협하는 혹독한 환경에 대응한 비어있는 DNA 벌판, 여백의 게놈 DNA는 생명을 지키면서, 변화하는 환경에 따라 새로운 유전자를 생성하고 생명체의 변화를 유도하고 있다. 그러나 하루하루를 여백 없이 사는 우리에게는 아직도 오늘만이 중요하다. 다가오는 오늘인 내일을 위해서는 일상적 생활의 계곡을 벗어나, 여백을 찾아서, 때로는 북한산 진달래 능선에라도 오를 일이다. (2003. 4)

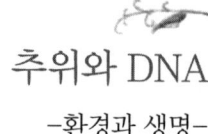

추위와 DNA
-환경과 생명-

　동짓달에서 섣달로 이어지는 시간대는 북반구의 겨울에서도 가장 혹독한 추위의 때이다. 겨울은 생명체에게는 어려운 시기임에 틀림없다. 특히 야생의 동물에게는 생사가 걸린 혹독한 생의 조건이다. 생명체는 부드럽고 따뜻하며, 단단하거나 고정적이지 않아서 얼면 움직이지 않고 죽고 만다.

그러나 어린아이들은 추위에도 아랑곳없이 얼어붙은 논 위에서 얼음지치기, 팽이치기, 연날리기, 겨울놀이에 여념이 없다. 신진대사가 왕성하여 다량의 열을 내기 때문이다. 우리는 난방이 잘된 훈훈한 방안에 앉아서, 숨을 들이쉬면 콧속이 쩍쩍 얼어붙는 듯한 추위 속에서도 맨몸으로 강물에 뛰어들거나 바닷물에 뛰어들고, 혹은 얼어붙은 냇물을 깨뜨리고 들어가는 모습을 TV에서 본다. 나도 할 수 있을까 하지만 조금만 훈련하면 누구나 할 수 있다. 누구나 동일한 신체구조를 가지며, 동일한 기능성의 유전자를 가지기 때문이다. 열 발생 유전자가 잘 활성화 되도록 수련하면 할 수 있는 일이다.

이 나라에는 7천만 인구가 살고 있고, 전 지구상에는 60억 인구가 살고 있지만, 세상에 동일한 사람은 없다. 개성과 특성을 가지고 환경 속에서 살아가기 때문이다. 극지방에 사는 사람들이 추위에 견딜 수 있는 것은, 대사를 하고 열을 발생하는 유전자들이 활성화되어 있기 때문이고, 체내의 열이 바깥으로 새지 않고 바깥의 한기가 체내로 들어오지 않도록, 피부에는 털과 지방층이 잘 발달되어 있기 때문이다. 북극에 사는 곰이나 물개를 보라.

한겨울 영동고속도로를 달려 눈 덮인 대관령 부근에 이르면, 산속에서 눈꽃을 피우고 있는 나무들이 장관이다. 그 나무들이 한겨울에도 죽지 않고 살아있는 것은, 내한성 유전자가 잘 발달하여 저온에서도 살 수 있도록 되어 있기 때문이고, 추운 환경에 오랫동안 적응한 나무들만이 자연선택되었기 때문이다.

극한의 환경 가까이에서 사는 생물들은 혹독한 환경에 대한 대응과 적응력을 가지고 있어, 오히려 치열한 생존의 경쟁에서 조금은 여유롭다. 사계절이 있는 이 나라의 자연환경은 온화하지만, 인구밀도가 높아 살아가는 사회 환경이 혹독하다. 사계절을 따라 풀이 나고 꽃이 피고지고 하듯이, 다양한 유전자도 피고지면서 추위에 따라서 그 발현 활성을 변화하여 생명을 지킨다. (2003. 1)

진보와 보수의 유전자는

고등세포는 핵과 세포질의 소기관들로 이루어지는데, 핵 속의
DNA는 세포 전체의 모든 정보를 소유하고, 세포질에는 물질 생산
에 필요한 소공장들이 위치한다. 세포는 바깥 환경에 따라서 DNA
와 세포질의 유기적인 작용으로, 필요한 물질을 만들면서 성장과
복제와 휴면의 길을 선택한다.

세포는 그 종류에 따라서 약 4천 개에서 5만 개 정도의 유전자

를 가지며, 이 가운데서 약 20% 정도의 유전자를 항상 동적으로 가동하면서 적절하게 생을 유지하고 발전해 나간다.

세포의 유전자는 구조유전자와 제어유전자로 구성되는데, 구조유전자는 대부분이 효소 활성을 가지는 단백질을 코드하며, 이 효소들은 세포 내의 주요 대사작용을 담당한다. 제어유전자는 구조유전자와 다른 제어유전자의 작동을 제어하는데, 제어유전자가 코드하는 단백질로 된 제어인자는 목표하는 유전자 위에 결합하여, 촉진과 저해의 상극의 방법으로 그 유전자의 움직임을 조절한다. 세포의 성장을 계속적으로 촉진하여, 정상세포를 암세포로 유도하는 원발암성 유전자와 이를 저해하는 제암성 유전자도 세포의 성장에 대하여 상극의 형태로 작용하는 셈이다.

이렇듯 제어유전자는 다른 유전자들을 제어하면서, 세포의 성장 속도를 조절하고, 세포의 전체성과 현재의 상태를 유지하는 한편, 환경의 변화에 반응하면서 새로운 환경에 적응하도록 세포를 유도한다.

한편, 세포막은 유동성이 있는 인지질의 이중 막으로서, 환경과 세포의 경계를 이루면서 세포의 형태를 유지하고, 세포를 환경 속에 존재하게 한다. 만일 세포막이 없으면, 세포의 70%를 차지하는 물과 세포 내용물은 흘러서 세포의 형태가 유지되지 못한다.

이러한 유동적 세포막에는, 세포 내부와 바깥 환경을 연결하는 수많은 통로와 바깥의 정보를 수집하는 안테나가 위치해 있어, 환경과 세포 간의 물질 이동과 커뮤니케이션을 유지해준다. 이 연결 통로를 통하여 양분은 세포 내로 이동되고, 또한 세포 내의 노폐물은 세포 밖으로 배출된다. 세포막에 있는 수많은 종류의 안테나는 온도, 수분, 양분, 세포 간 전달물질, 정보 전달물질 등의 변화상태를 인식하여, 실시간으로 세포 내부로 그 정보를 전달하고, 최종적으로 유전자들의 움직임에 따라서 세포는 생육하거나 정지하거나 사멸한다.

핵 속의 거대한 게놈genome 유전자는 보수적 유전자와 진보적 유전자로 분류된다. 보수적 유전자는 현재를 지속하도록 작용하고, 진보적 유전자는 현재의 환경변화와 혹은 다가올 미래의 환경변화에 대응하도록 작용한다.

진보적 유전자로 분류되는 바이러스 유전자는 바이러스의 특성에 필수적인 유전자만 소유하고, 필요한 나머지의 유전자는 다른 세포에 침입한 후, 그 세포의 유전자와 소공장을 이용함으로써 자신을 복제하고 증식한다. 나중에는 침입한 숙주세포의 유전자에 끼어 들어가, 그 유전적 성질을 변화시키거나, 숙주 세포를 용해하여 죽음으로 이끈다.

게놈유전자 사이를 자유로이 건너뛰면서 돌연변이를 일으키는 움직이는 유전자인 전위성 유전자Transposon는 진보적 유전자에 속하며, 변이에 의해 세포를 불멸화하는 Ras 유전자도 원발암성인 진보적 유전자이다. 이렇듯 세포의 성질 변화를 일으키는 유전자는 진보성으로 분류한다. 진보적 유전자는 변화해 가는 환경에서의 세포의 생존성을 제시하면서, 보수적 유전자의 위에서 움직이는 생명의 힘이지만, 한편 불멸성의 암화를 일으켜 개체 전체의 괴멸을 가져오기도 한다.

현재는 유지되는 것이 정의 방향이고 변화에 대응하는 것이 정의 방향이며, 또한 현재는 과거와 미래를 공유함으로써 더욱 강해진다. 진보는 보수 위에서 춤을 추면서 서서히 보수 속으로 용해되어 들어가고, 선택된 진보는 시간의 흐름에 따라 보수 속에서 새로운 보수가 된다. 그동안 새로이 생성된 진보는 이미 저 앞에 가있다. 보수는 진보를 낳고 진보는 새로운 보수를 낳고, 다시 새로운 진보는 앞서감으로써 현재는 미래를 향하여 나아간다.

진보가 절대 우위이거나 전체가 진보적이어서, 현재가 보수 없는 진보의 일색이면, 맹렬하게 몰아치는 태풍이 마침내 동해 바다에 이르러 소멸하여 사라지듯이, 그 현재는 분해되어 사라지고 만다. 그러나 반대로 보수의 일색이면, 현재는 노화되고 부패되어 노폐물로 가득 쌓여 녹아 허물어져서 퇴보의 길을 걸으면서 역시 그 형체가 사라지고 만다.

그러므로 언제나 보수와 진보는 앞서거나 뒤서면서 균형적으로 작용한다. 저만큼 앞에 가는 진보는 피고 지는 들꽃과 같고, 뒤에 오는 보수를 위한 시간적 희생이지만, 보수의 진로와 방향을 설정하고 현재에서 미래를 예견해주는 중요한 존재이다. 보수와 진보는 전체를 유지하는, 계절 따라 피고 지는 양과 음의 순환이다.

(2003. 5)

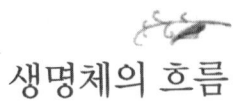

생명체의 흐름

생명체를 이루는 물질은 탄수화물, 단백질, 지질, 핵산, 무기물 등으로, 이러한 분자물질은 탄소, 산소, 수소, 질소, 황, 인 등의 원자로 이루어진다. 그러나 이러한 원자들을 아무리 정확한 비율로 다시 섞어놓아도 생물체가 만들어지지는 않는다. 신은 흙으로 생명체를 빚었지만, 오늘의 과학은 아무리 단백질, 지질, 탄수화물, 무기물질을 섞어 빚는다 해도 생명체가 되지 않는다는 얘기다. 흙러간 시간을 되돌릴 수 없듯이 이 세상에는 비가역적인 일이 많다. 엎질러진 물과 한번 꺼낸 이야기가 그렇고, 떠나간 사람도, 한번 피고 진 꽃도 그러하고, 우리들 인생도 그러하다.

흙, 바위, 물, 그리고 식물, 동물, 미생물 등과 같은 무생물체와 생물체로 이루어지는 자연환경에서, 지금까지 발견된 100여 개의 원자가 질서와 무질서로 이리저리 섞여서 무생물체는 이루어지고, 생물체는 그 가운데서 선택된 20개 미만의 원자인 탄소, 산소, 수소, 질소, 인, 황, 칼슘, 마그네슘, 철 등등으로 구성된다.

원자의 수준에서는 북한산의 바위와 나무와 다람쥐는 무생물과 생물의 구별 없이 자연 하나로 통한다. 그러나 분자 수준에서는 생물체와 무생물체는 DNA로 구별되고, 무생물은 스스로 움직일 수 없으며 생물은 스스로가 움직인다. 분자는 2개 이상의 원자의 결합으로 이루어지지만, 원자와는 다른 성질을 가져서, 타고난 재와 숯가루인 탄소는 산소 2분자와 결합하면 이산화탄소의 기체이고 산소 1분자와 결합하면 겨울날 연탄가스의 주범이던 일산화탄소이다.

수소와 산소는 상온에서 기체이지만, 수소 두개와 산소 하나가 결합하면 물이 된다. 물은 산과 들을 흐르고 강과 바다를 이루고, 모든 생명체는 70%가 물이다. 물은 생명체의 근원이고 움직임이다.

죽은 세포는 무생물체이며 유기물이고 살아 있는 세포는 생물체이지만, 방금 죽은 세포와 지금 살아있는 세포는 무엇이 다른가? 밭에 있던 상추와 방금 텃밭에서 뽑아 와 씻어낸 싱싱한 상추는 무엇이 다른가? 세포의 성분인가, 세포의 모양인가, 효소의 활성인가? 상추의 생명은 어디로 갔는가?

적어도 우리가 알 수 있는 것은 매우 적지만, 삶과 죽음의 다른 점은 원자나 분자 수준에서의 구성성분에 있지 않고, 생명에너지가 있고 없음에 있다. 결과적으로 살아 있는 세포는 스스로 움직이고, 죽은 세포는 움직이지 않는다. 움직임이란 이렇듯 에너지의 활동이고, 삶과 죽음의 기준이다. 계절 따라 생명은 나고 지지만 그 출처와 회귀처는 아무도 모른다. 다만 우리들 생각의 흔적으로 얘기할 뿐이다. (2003. 7)

레디메이드 인생인가?

-고수와 아전들은-

　세상 만물의 움직임이 인연에서 비롯되듯이, 세상은 이미 결정되어 있는 순서에 따라 흘러가고, 시시각각으로 결정되는 움직임을 따라 흘러간다. 삼차원적 공간에 있어서 우리의 시각에는 드러나지 않아도 미루어 생각하면 아는 것과 같이, 우리가 흔히 일상적인 일에서 말하는 "불을 보듯 뻔하다, 안 봐도 훤하다."라는 말과 같은 맥락이다.

불과 이삼십 년 전의 일을 잠깐 생각해보면, 다 그렇고 그런 일로 인한 흐름이었음을 알 수 있다. 그러한 일들에 우리는 왜 그리도 무지했는지 모른다. 이 나라가 지나온 현대사 역시 누군가 도인의 눈에서는 불을 보듯 뻔한 흐름이었을 테고, 지금의 흐름 속에서 나타나는 현상들도 수많은 인연들이 연출해내는 정해진 경로를 따라 일어나고 있는지도 모른다.

그러나 세상의 모든 일이 이미 결정된 순서를 따라 일어난다면 얼마나 재미없는 일일까? 바둑의 고수高手들이 벌이는 대국對局은 사실 동네 복덕방福德房 바둑보다 별 재미가 없을 것 같다. 가로, 세로 19줄이 만드는 361개의 교차점 위에서 일어날 수 있는 바둑의 모양은 무궁무진하지만, 많이 사용되는 모양새와 그 경로를 어느 정도 통달하여 여남은 수 정도의 앞을 내다보는 그들에게는, 좀처럼 예측불허의 이변이 일어나지 않아, 펼쳐지는 승부 자체는 별 재미가 없는 것이다. 상대방의 한수의 허점이나 실수를 틈타는 것 외에는 큰 승패의 차가 나지 않기 때문이다. 이것은 무슨 이야기인가? 고수는 있을 수 있는 가능성의 교차점 위에 돌을 놓는다는 것이다. 인생도 이미 그 가는 길이 한정되고 결정되어 있다면, 살아가는 재미가 없을지 모른다.

낚시의 고수, 무술의 고수, 전쟁의 고수, 종교의 고수, 글의 고수, 그림의 고수, 정치의 고수, 장사의 고수, 거짓말의 고수, 사기의 고수…… 고수의 종류는 이렇게 많지만, 어느 분야에서든지 고수는 고수끼리 서로 통한다. 서로 너무 잘 아는 그들에게는 구차한 말이 필요 없고 선문답 정도로 충분하다. 사람에게는 인지人智능력이 있어, 굳이 직접 배우거나 말을 하지 않고 멀리서 한 번 보거나 듣는 것만으로도 내용의 전말顚末과 과정過程과 그 미래까지 알 수가 있다. 즉 "척하면 압니다."하는 말이다.

고수들은 무궁무진한 수를 익혀 알고 있지만, 일정한 경로 위에서 움직여야 하는 길을 따라 움직이므로, 오히려 그 수가 단조롭게 느껴질지 모른다. 즉 할 수 있는 것과 할 수 없는 것, 해야 할 것과 하지 않아야 할 것을 그들은 너무도 잘 안다. 그래서 때로 그들은 연기를 하기도 한다.

그러나 초보나 하수와는 달리 어중간뜨기들 가운데는 욕념欲念에 앞서 헛팔질이나 헛소리를 함으로써, 미리 일을 노출하여 전체를 망치고 마는 자들이 있다. 그들 스스로 자신을 격하시켜, 그들이 그토록 갈망하던 반열에서 수가 낮은 사람으로 무시를 당하고 마는 것이다. 욕慾에 눈이 먼 순간, 그들은 끝없는 낭떠러지로 인도

된다. 차라리 아주 밑바닥에 떨어져서 땀 흘려 다시 올라오는 것이 보기에 좋다. 나무뿌리나 돌부리를 붙들고 매달리는 모양새는 보기에도 딱하고, 오히려 자신의 일그러진 모습을 다양하게 드러내는 꼴이 되고 만다. 고수에게는 금기사항인 것이다. 그러므로 파계破戒한 고수조차도 이러한 규칙은 철저하게 지킨다. 유행어가 되어버린 것처럼 고수는 머물다 간 자리도 아름답다.

아전의 일은 그 일이 진행되도록 하는 역할이다. 일의 흐름을 매끄럽고 순탄하게 하는 기능을 사용하여, 그 일이 잘 진행되도록 하는 데 그들의 목적이 있다. 그러나 사실, 아전들은 그 일의 흐름이나 진행보다는 그 과정에서 생기는 이익과 부수입에 목적을 둔다. 제사보다는 제삿밥이고 떡보다는 떡고물이다. 아전에게는 세상의 모든 흐름이 부와 이익의 공통적 관점에서 보이는 것이다. 그들은 이러한 면에서는 탁월한 능력의 소유자이고 그들의 순기능은 일면 인정된다. 이 세상 누군들 이익을 바라지 않겠는가만, 그들의 눈은 이익으로 통하고, 자신의 이익을 위한 고정적 관점으로써 세상의 움직임을 해석하고 만다. 과거 역사의 흐름 속에서 이러한 아전들과 아류들이 상전이고 주류가 된 판은 어떤 모양새였을까?

유전공학을 이용하는 연구에서, 목적하는 재조합 유전자가 들어있는 세균이 자라나는 둘레에는, 그렇지 않은 세균들이 항상 함께 나타난다. 그 재조합 유전자가 생산하는 물질의 영향으로 옆에서 공생하는 세균들이다. 자칫 재조합 유전자의 세균으로 오인하기도 하는 위성집락satellite colony인 것이다. 며칠이 지나면 이러한 위성집락이 전체를 점령하고 만다. 이러한 위성집락과 아전들의 유전자 지도를 비교 탐색하는 것도 흥미 안의 일이다.

지나간 일은 이미 과거의 것, 따라서 지금의 현실에서 흘러간 과거를 어떻게 하겠느냐고 말하기도 한다. 이미 가버린 지난봄은 우리의 기억과 역사 속에만 남아있을 뿐이지만, 그러나 과거는 현실을 움직이는 정제된 힘으로서 나타난다. 현재에 나타나는 그 힘은 과거의 힘의 연장선이 아니며, 현재는 과거의 시간적 연장선상에서 움직이는 과거가 아니다. 그러나 불행한 과거의 지속적인 연장은 불행한 현실로 이어진다.

지난 시대의 변신과 변화의 아전들은 이제 더 변화하기도 잊은 듯이, 지금 우리와 공존하고 있다.

이 대로가 좋은 그들 자신도 돌이켜 생각하고, 몇 번이고 생각해서 다 알고 있는 일이겠지만, 삶은 현실이고 가시밭에 굴러도 개

똥밭에 굴러도 살아가야 하는 인생이며, 머물러야 하고 또 머물고 싶은 이승이다. 그러나 돌연히 순번을 바꾸어서 이승의 무대에서 스스로 내려가는 사람은 누구인가?

일순 응축된 에너지의 방출에 바람조차 멈칫 휘어진다. 고수도 아전들도, 이를 보는 하수들도 결국은 대자연이 만들어내는 레디메이드 인생들인가? (2003. 8)

정보화 시대의 주홍 글씨

지금의 시대에는 비밀이 없다. 도시의 번잡한 길이나, 큰 빌딩, 은행, 지하철, 백화점, 동네 슈퍼마켓에 이르기까지 비디오카메라가 작동하여 나의 모습이 기록되고, 핸드폰은 나의 위치를 나타내고, 비밀스럽게 한 이야기는 더욱 잘 도청되며, 교통카드는 나의 이동을 기록하고, 신용카드는 내가 어제 산 책과 술을 기록한다. 따로 일기를 써야 할 필요가 없을 정도로 고도화된 정보화 시대이다. 공개시대, 열린 시대인 것이다. 나만의 여유 공간이 없고 가려지는 부분이 없으므로 부끄러움도 사라져야 할 판이다.

주민등록증이 따로 없는 일본이나 미국에서는 운전면허증이 이를 대신한다. 차량의 번호가 전산화되어 있어 교통경찰은 순찰차에 앉아 휴대용 컴퓨터로 의심되는 차량의 번호만 입력하면 과거의 기록이 나온다. 주차위반, 신호위반, 속도위반, 우선멈춤 위반, 학교 앞 속도위반, 음주운전 등등, 미국은 자동차가 없으면 움직이지 못하는 나라이니 자동차에 관한 한 그 기록과 벌칙이 엄격하다.

정보화시대의 첨단을 가는 이 나라에서는, 학교에서의 어린 학생들의 생활상이 우선하여 컴퓨터에 기록되고 인터넷에 연결될 판이다. 모든 학생들이, 지각 있음, 조퇴 있음, 결석 많음, 품행이 단정함, 성격이 발랄함, 개성이 강함, 싸움을 잘함 등등의 항목으로 평가되고 기록되는 것이다. '된다', '안 된다' 로 싸우는 것이 그나마 다행이다. 해야 할 것과 하지 않아도 될 것이 있는 것이 좋다.

더 나아가 가까운 미래에는 나의 DNA 유전자 배열까지 컴퓨터에 입력될 전망이다. 나의 게놈DNA의 생김새와 기록은, 나의 과거를 추적하고 미래를 예측하며, 질병, 결혼, 보험, 직업 등에 이르는 생활의 전반에까지 적용될 것이다. DNA 운명철학이 가능한 일일지도 모른다. 지금도 남아있는 미아리 고개 밑의 족집게 철학관들이 DNA 컴퓨터 운명철학관으로 바뀔지도 모르지만, 우리에겐 모르는 부분이 있는 것이 더 좋다. 보이는 세계와 보이지 않는 세계, 드러내어야 할 것과 그대로 두어야 할 것이 있는 것이 좋다.

무쇠 틀에서 찍어내는 국화빵과 붕어빵도 주인 따라 기분 따라 만들어지는 모양새가 다르듯이, 지금 봄의 화단에 붉게 타오르고 있는 영산홍 꽃을 보라. 작년과 올해의 꽃이 다르고, 오늘과 내일의 모양과 빛깔이 다르다. 어제의 생명은 변화하여 오늘의 생명이고, 다시 변화하여 내일의 생명이다. 생명은 변화하고 DNA 정보는 변화 그 자체다. 새봄의 신록이 나날이 짙어지고, 그 빛깔이 달라지듯이, 자라나는 생명은 하루가 다르다. 그러나 환경의 변화에 대응하는 생명체의 난수표 암호는 아직 생물정보과학의 과제이다.

(2003. 5)

레디메이드 인생인가?
-재래시장의 생물성-

    여가가 있을 때나 일과가 끝난 후, 쇼핑을 즐기는 사람들이 많아졌지만, 고급 백화점이나 대형할인점보다 재래시장은 더욱 생물적이다. 생물적이라는 말은 살아서 움직인다는 의미로, 재래시장은 살아 꿈틀거리는 현실이고 그 자체가 인생이라는 말이다. 물론 백화점이나 대형할인점이 생물적이 아니라는 얘기도, 인생이 아니라는 얘기도 아니다. 서울의 남대문, 동대문, 중부, 광장, 왕십리의 중앙시장, 노량진의 수산시장과 같은 크고 오래된 재래시장들과, 동네의 골목시장, 혹은 읍, 면이나 그 부근의 소도시에 서는 5일 시장 등이 있지만, 이러한 장바닥에서 일어나는 일은 그대로가 대본도 극본도 없는 한 번뿐인 연극이다. 상인도, 손님도, 구경꾼도, 배역만 가지고 엮어 가는 세상 이야기이다.

시장에는 산과 바다와 강, 논밭을 떠나온 갖가지 생물生物과 건물乾物과, 옷이며 노리개며 생활용품이며 즉석 먹을거리 등등이 모여져 펼쳐있다. 중대형의 공장에서 나오는 규격화된 물건 외에, 가내 공장이나 집에서 만들어진 갖가지 모양의 물건들과, 들려나온 가축들은 재래시장의 특징이다. 그 하나하나가 시장까지 나온 경로나 사연들이 제각각인 나물에서부터 소쿠리에 이르기까지, 살아가는 데 필요한 것은 다 있다. 살아 꿈틀거리는 다양성이다.

이런저런 생각으로 시장 안을 몇 바퀴 돌면서 구경을 하지만, 무엇을 사야할지, 무엇을 먹을지는 어디까지나 감각적이고 역동적이어서, 마음이 어떤 방향으로 흘러서 굽이칠지는 아무도 모른다. 결국 몇 가지를 손에 들고 시장 밖으로 벗어나오면, 자기장에서 벗어난 듯 달라지는 환경이다. 시장 안과 바깥은 힘의 강도와 밀도가 다르다. 시장 안은 힘의 밀도가 높고, 그 자기장 안에서는 모두가 역동적으로 움직인다.

　시장에서 사 가지고 나온 몇 가지 물건들은 어떤 인연으로 나의 손에 도달해 있는가? 확률을 따라 청춘남녀는 만나고, 이들 한 쌍이 만들어내는 후세는 칠십 조의 가능성 가운데 하나로 태어나는 것처럼, 일천만이 모여 사는 서울의 재래시장에서, 지금 내 손에 들려있는 말린 산나물 한 뭉치는 그러한 확률적 가능성 가운데 하나일까?

　DNA 유전자의 복제과정에서 변이가 일어날 수 있는 확률은 백억 분의 일이고, 그 변이가 어느 곳에 일어날지는 전적으로 예측될 수 없으며 결정되어 있지 않다. 복제와 생식력을 가진 생물체에는 생물 고유의 기본적 능력 외에, 환경 속에서 스스로 만들어 나가고 획득해야 할 부분도 있는 것이다. 시장에서 물건값을 흥정하는 것은 주인과 손님의 몫이고, 따라서 오늘 내가 시장에서 겨우 깎아서 산 물건은 미리 예정된 물건이 아닐 수도 있다.

　세상에서는 변치 않는 것 이외에는 모든 것이 가변적이다. 당연한 얘기지만, 세상에서 변치 않는 것은 무엇일까? 시장의 상인도 손님도 물건도 바뀌고, 시대가 흐르면 시장판도 바뀌고, 때로는 그

판조차 사라지는 판이다. 영화는 여러 장의 단편 사진이 이어져서, 테이프나 필름에 그리고 디지털신호로 CD와 DVD에 기록되어, 영화관에서 그리고 비디오나 컴퓨터에서 언제라도 상영되고 재현되지만, 개봉관도 재개봉관도 아닌 재래시장은 지금 한 번뿐인 영상 그대로이다.

그러나 재래시장의 그때그때와 그날그날의 풍경은 우리의 기억 속에 남아있고, 우리와 함께 우주의 어느 곳에 아카식 기록*으로 남아있을지도 모른다. (2003. 9)

■아카식 기록: 지구 또는 영적 영역에 새겨진 모든 사람의 모든 말, 생각, 또는 행동의 불멸의 기록. 우주의 잠재의식. (〈뉴에이지 이단 운동〉('월터 마틴' 저서) 부록 중에서).

제어되지 않는 암세포
-다량의 소모전을 선택하는 불멸성의 암-

인류의 탄생과 함께 발생하였을 것으로 추정되는 암은 유전자(DNA)의 변이가 그 주요 원인이며, 이러한 유전자 변이는 현대의 풍요한 물질문명이 가져오는 필연적인 공기, 물, 토양 등의 환경오염에 기인한다. 또한 바빠진 일상생활 속에서 가공식품에 주식을 의존하는 식습관의 변화에 따라, 우리 몸의 정상세포가 발암성 물질에 노출되는 시간과 횟수가 많아짐에 따라, 암의 발생은 더욱 증가하고 있다. 한편 암세포의 불멸의 생명력과 이를 억제하기 위한 연구와의 경쟁에서는 여전히 암세포가 앞에 서있다.

세상에 단번에 바뀌는 것이 없듯이, 정상세포는 여러 단계의 과정을 거치면서 암세포로 변화한다. 변이된 DNA를 수복하는 유전자, 발암성 유전자, 암 억제성 유전자 등과 같이 암에 관련된 유전자에 손상과 변이가 일어나고 축적되면, 정상세포는 점점 암세포화하여 주위세포와의 균형과 상호작용을 벗어난다. 제어되지 않는 이기적인 성장으로써 암세포는 암조직의 3차원적 공간을 우리 몸에 만들고 이동하면서, 그 세력을 전신으로 확장해 간다. 이러한 암세포의 불멸의 생육과 성장을 위해서는 다량의 에너지와 양분이 필수적이다.

우리 몸속의 에너지는 주로 포도당을 분해하고 연소시키는 과정에서 만들어진다. 정상세포에서는 포도당이 분해되어 산화적 에너지 생산경로(미토콘드리아)를 경유하여 높은 에너지가 생성되지만, 암세포의 주요 에너지 생산경로는 오히려 낮은 효율의 에너지를 생산하는 발효 경로(해당계)를 선택한다. 발효 경로를 통한 에너지 생산은 격심한 운동을 할 때 일어나는 근육 세포의 무산소

호흡(무기호흡)과 같이, 주로 혐기적(무산소적) 상태에서 일어나고, 그 최종 분해 산물로서 피로물질인 젖산을 축적한다. 한편 유산균에서는 이러한 혐기적 발효를 통하여 젖산 요구르트가 만들어지고, 효모에서는 에틸 알코올인 즐거운 술이 만들어진다.

암세포의 공통적인 성질 가운데 하나는 이러한 저 효율적 에너지 생산경로의 선택이다. 왕성하게 성장하는 암세포는, 저 효율적 에너지 생산경로에서 나오는 부족한 에너지를 보충하기 위하여, 발효작용이 더욱 활발해지고, 더 많은 포도당과 양분을 요구하는 소모전을 일으킨다. 그러면서 인체 내의 양분과 에너지원은 점점 고갈되며, 이때 배출되는 노폐물인 젖산, 일산화탄소 등으로 암 조직은 더욱 산성화되고 혐기적으로 되는 악순환의 길을 걷는다. 이러한 에너지원의 다량 소모와 혐기적(무산소적) 환경의 생성은 암의 특징인데, 이러한 특징이 암의 발달에 따른 결과에서 오는지, 혹은 암 발생의 원인이 되는지는 아직 불명확하다.

그럼 왜 이기적인 암세포는 저 효율적인 에너지 생산계를 선택해야 할까? 암 조직이 증식하면서 그 조직의 내부는 산소가 결핍한 상태가 되므로, 암세포는 혐기적(무산소적) 조건에서 살아가야 한다. 따라서 이러한 조건에 적합한 에너지 생산경로로서, 산소가 필요 없는 무기호흡의 발효 경로를 선택하였을 것이다. 또한 이러한 무산소 조건을 형성함으로써, 다른 정상세포보다 에너지의 획득 경쟁에서 우세한 위치에 있다. 암세포는 정상세포의 성장을 저해하면서, 저 효율의 에너지 생산경로를 통하여 다량의 양분을 소모하고 끝없이 성장해가지만, 암세포 자신이 살아가고 있는 공간인 조직과 기관, 그리고 그 숙주(인체) 전체를 황폐화시킨다. 이기적인 암세포의 불멸성은 숙주의 생명에너지를 함께 고갈시키면서, 결국은 암세포 자신도 함께 사라져 가는 것이다. (2003. 2)

구조체와 제어시스템
-새로운 버전의 제어시스템-

　생물과 기계의 공통점은 일정한 구조와 형태를 가지고 일을 한다는 것이다. 구조와 형태는 일을 하는 데 필수적이지만, 구조체만으로는 단지 단순한 일을 반복할 수 있을 뿐이고, 일의 조절이나 변형이 되지 않아 높은 수준의 일은 할 수가 없다.

　감속 제어기가 없는 자동차는 한번 달리면 멈출 수가 없고, 핸들이 없는 자동차는 직선 방향으로만 진행하며, 가속기가 없는 자동차는 속도의 가감이 불가능하다. 움직이는 구조체는 제어기가 있어야 비로소 유용한 일을 할 수 있는 것이다. 그러므로 구조체가 작동하는 데는 적절한 제어시스템이 필수적이다. 대부분의 구조체는 기본적인 제어기를 포함하며 나머지는 고급의 선택사양이다. 아무튼, 구조체와 제어기는 반드시 균형을 이루어야 한다.

초기의 로봇은 해상도가 낮은 디지털 모자이크 모양과 같이 직선적인 각운동을 하였다. 그러나 생물체는 부드럽게 곡선운동을 한다. 푸른 하늘을 빙빙 맴돌며 만드는 솔개의 곡선, 강약 장단을 따르는 장구, 부채춤의 곡선, 체조선수의 공중돌기와 정확하고 부드러운 착지, 데생을 하는 화가의 눈빛과 연필 끝의 움직임, 글씨를 쓰는 한석봉의 붓끝과 가래떡을 써는 한석봉 어머니의 칼끝 등은, 도저히 현대의 고급 로봇이라도 그 정확성과 부드러움을 따를 수가 없다. 정확하고 부드러운 곡선운동은 고도의 제어기구와 감각기관의 활동으로 비로소 이루어진다. 이렇듯, 제어기는 구조체의 움직임을 빠르고 정확하게 컨트롤한다.

생명체의 기본인 세포에는 구조유전자와 제어유전자가 있어, 구조유전자는 이에 상응하는 제어유전자에 의하여 움직임이 조절된다. 구조유전자는 비교적 기능이 단순하여서 한가지의 단백질만을 만들어낸다. 그러나 제어유전자는 몇 가지가 얽히고 설켜 서로 연관되고, 외부로부터의 자극이나 세포 내 조건 등에 따라서 강하게 혹은 약하게, 구조유전자의 움직임을 제어한다. 이러한 제어유전자가 고장이 나면, 구조유전자는 비정상적인 방향으로 움직이거나, 아예 작동을 하지 않는다. 그러므로 제어유전자는 하등세포보다 고등세포일수록 잘 발달하여 있고, 생명의 활동과 지속, 생명의 복제에 필수적이다.

우리의 일상생활에 가장 큰 변화를 일으킨 것들 가운데 하나는 아스팔트와 시멘트 포장길이다. 지금 우리는 전국 어디든지 잘 포장된 길을 자동차로 여행하고 일을 하지만, 경부고속도로가 생기기 전 1970년까지만 해도, 장거리 여행은 주로 열차를 이용하였다. 청량리발 부산행 열차는 경기도, 강원도, 충청도, 경상도를 다 거치고, 역이라는 역은 다 서면서 14시간이나 소요되었다. 국도는 포장되지 않은 부분이 더 많아서, 꼬불꼬불한 자갈길을 따라 시외버스를 몇 번씩 갈아타야 하는 먼 거리 여행은, 아예 생각도 못할 일이었다.

1990년 초 자가용 승용차가 대중화되면서, 이제 대부분의 가정에서는 승용차가 생활품이 되었다. 그러나 대중교통망이 그물처럼 잘 발달하여 있는 이 나라에서는, 사실 승용차를 이용해야 할 경우가 많지 않다.

　한편, 승용차 문화 구조가 급속히 이루어지는 동안, 그 제어시스템에 대한 의식의 변화는 늦어서, 도심을 벗어난 변두리지역이나 하루에 몇 번 자동차가 지나치는 읍·면 지역에는 신호등이란 것이 아예 없던, 한가한 1960년대, 1970년대 초 시절의 습관이 지금까지 그대로 남아있다.

　자동차 일천만 대의 이 시대에, 노란 신호등에 빨리 달리기와 빨간 불이 들어올 때 교차로를 지나는 것은 당연한 일이고, 저 앞에 빨간 신호등이 켜져 있어도 힘껏 달려가서는 브레이크를 밟아 바로 그 앞에서 멈춘다. 내가 가는 방향이 녹색 불이면, 앞차가 밀려서 교차로 한복판에 서있어도 달려가서 꼬리를 잇는다. 반대 차선에 녹색 불이 들어오면 서로 얽혀서 오도가도 못하는 지경이다. 횡단보도의 굵은 선을 차 밑에 깔고 서있기는 보통으로, 건너가는 사람의 힐끔거리는 눈총을 애써 외면하며, 횡단보도를 막고 서있다. 다른 사람이 보내는 불편한 눈빛이, 자신의 세포 속 유전자에

미치는 불안정성에 관해서는 모르고 있는 모양이다. 앞차가 서있어 자신의 차가 횡단보도를 지나가지 못할 때는, 횡단보도 선 앞에 멈추어 있다가, 앞차가 가면 함께 따라가면 될 것을 단 일 미터라도 먼저 가 있어야 직성이 풀리는가 보다. 그것도 지난 시대의 살아남기 경쟁에 익숙해 있는 덕분인지 모른다.

그러나 우리의 몸을 이루는 세포에서는 이러한 일이 결코 일어나지 않는다. 양분이 모자라거나 세포의 크기가 작아서, 새로운 세포 분열로 들어가기에 어려운 조건이면, 세포는 새로운 분열 증식에 들어가지 않고, 조건이 충족될 때까지 멈추어서 기다린다. 이를 지키지 않으면 그 세포는 죽음의 방향으로 갈 수밖에 없기 때문이다.

우리 몸을 이루는 각 세포의 제어시스템이 작동하지 않는다면, 어떤 결과가 올 것인가? 환경조건에 상관없이 세포가 제멋대로 증식하고 움직인다면, 삶과 죽음의 아비규환일 것이고, 우리 자신의 신체형태조차도 없어질 것임에 틀림이 없다. 그러나 생물의 탄생 이래로 이러한 일이 일어나지 않는 것은, 변화하는 환경에 따라서, 제어시스템이 항상 함께 변화하면서 작동하기 때문이다.

변화하는 우리의 생활 속에서 우리의 제어시스템은 업그레이드

되어야 한다. 자동차 문화의 측면에서, 지금 우리의 제어시스템은 효용의 한계점을 훨씬 지나 있다. 우리가 상당 기간 국민소득 일천만 원의 시대에서 맴돌고 있는 것은 무엇을 의미하는가? 세계적 불황의 탓으로만 돌릴 것인가? 국민소득 이천만 원의 시대로 가는데는 새로운 버전의 제어시스템이 필요하다. 그렇지 않으면, 지금의 제어시스템에 적합한 시대와 사회구조에 머무르거나, 그 이전으로 되돌아가야 할지도 모른다. (2003. 4)

이 시대의 의식과 유전자 제어

불과 삼사십 년 전만 하더라도, 동네의 어느 집안에서 혼사婚事나 생일, 회갑, 승진 등의 대소사大小事가 있으면 동네잔치가 있는 날이다. 마당에 멍석을 깔고 음식상을 차리고 동네 사람들을 초대한다. 아니 부르지 않아도 그날이면 으레 모이는 것으로 되어있다. 마당 한구석엔 이웃동네의 거지패나 멀리서 오는 각설이패 들을 위한 자리도 어김없이 마련된다. 식량이 부족했던 시절이라 이러한 잔칫날

엔 모두가 한자리에 모여 즐거운 한때를 갖는 것이다.

이제 적어도 먹을거리는 생활의 제한 요소가 아니다. 수입이 없는 사람에게는 무료급식이 제공되고, 혼자 사는 독거노인에게는 도시락이 배달된다. 학교에서는 학생들에게 무료급식이 제공된다. 먹을거리는 더 이상 경쟁의 범위에 있지 않은 것이다. 또한, 같은 아파트의 앞집이나 옆집에 누가 사는지를 모르는 것이 당연지사로 되었다. 생활을 공유하던 지난날의 이웃이 이 시대에선 경쟁의 대상인 듯하다.

한편, 이 시절에 라디오는 생활 속의 중요한 즐거움이었다. 이발소나 미장원에서는 라디오를 크게 틀어놓고 노래와 뉴스를 즐기고, 집에서는 일일연속극과 주말연속극 시간이면 온 집안식구가 함께 모여서 라디오를 듣는다. 고주파 속에 들어있는 저주파 음파를 골라낼 뿐 증폭기도 없어 이어폰으로 겨우 혼자 들을 수 있는 광석라디오가 있었고, 조금 크고 좋은 라디오는 저음과 고음을 2, 3단계 조절할 수가 있었다. 가구 같았던 전축은 라디오와 레코드판이 돌아가는 턴테이블, 앰프 등이 하나로 된 타입으로 저음과 고음을 좀 더 조절할 수가 있었다. 지금의 오디오 전축에는 저음, 중음, 고음을 각 음역대로 미세하게 조절하는 이퀄라이저가 있고, 취

향에 맞게 음색까지도 곡선적으로 조절할 수가 있다. 이른바 파인 컨트롤의 시대이고, 나아가 여러 가지의 악기소리를 만들어내는 신시사이저synthesizer 음악의 시대이다.

그러나 그때는 별로 컨트롤할 것 없이, 그저 켜고 끄는 것으로 해결되는 시대였고, 단순함으로 충분히 통하는 시대였다. 그러나 지금의 사회는 켜고 끄는 단계를 넘어선 일정 수준을 요구한다. 모든 작동하는 기계와 일은 고도로 제어되도록 설계되어 있고, 사람의 의식에도 고도의 제어성이 요구된다. 켜고 끄는 2단계의 제어 사회에서 무한 제어 사회로 변화한 것이다.

세포의 각 유전자에는 그 상류영역에 유전자의 움직임을 제어하는 프로모터 부분이 있다. 이 프로모터에는 세포 내외부의 환경변화를 인식하는 인자들이 결합하여, 그 유전자로부터 발현되고 만들어지는 RNA의 양을 아주 미세하게 조절한다. 환경의 변화에 따라, 관련 유전자들의 움직임이 미세하게 곡선을 그리듯 조절되는 것이다. 물론 일정한 범위 안에서의 일이다.

세포의 유전자는 변화하는 환경을 따라 함께 변화해 오면서, 변화를 실시간으로 인식하는 대응과 적응의 전략으로써 지구의 생명체를 유지해왔다. 유전자의 내면적 변화는 개체의 변화이고, 그 자손에게 정확하게 유전되지만, 다른 개체에게 유전되거나 모방될 수는 없다. 동일한 환경의 자극에 대하여서도, 개체마다 그 유전자들의 변화는 따로따로 진행된다. 그러나 보이지 않는 의식은 창조와 모방과 학습이어서, 먼저 변화된 한 개체의 의식은 순식간에 전체에게 전파된다. 그러므로 의식은 때로는 외면적인 유행으로도 나타난다.

유전자의 다양한 변화의 흐름이 생명을 지켜온 반면, 의식과 유행의 한 줄 흐름은 개체와 전체를 도태의 길로 안내할지도 모른다. 이웃의 개성과 존재의 다양성과 내면성을 존중하는 곡선적 제어의식이 필요하다. 유전자의 변화와 발현이 환경의 자극에서 비롯되듯, 지금 이 시대의 의식의 발현과 변화에 필요한 자극은 무엇인가. 그 자극은 우리들의 내면에 있는지도 모른다. (2003. 4)

생활에 활력을
-프로모터를 점령하라-

　우리들의 유전체 DNA에는 수만 단위의 유전자가 위치하고, 이 유전자들로부터 RNA를 거쳐서 무수한 단백질이 만들어진다. 유전자의 움직임은 유전자의 정보가 번역되는 부분의 상류 영역上流領域에서 먼저 시작되는데, 이 부분이 프로모터promoter DNA이다. 어느 유전자에나 그 상류 영역에는 반드시 프로모터와 제어 영역이 산재해 있어 유전자의 움직임을 제어한다.

유전자의 움직임이라는 것은 DNA 유전자에서 RNA로 복사되고 최종적으로 우리의 표현형태에 이르는 경로를 말한다. 또한, 프로모터는 말 그대로 일의 진행을 조절하는 것으로, DNA 유전자로부터 RNA 사본을 만드는 작업을 시작하고 조절하는 부분이다. RNA 중합효소RNA polymerase가 먼저 프로모터에 결합하여 DNA 유전정보를 RNA로 복사한다. 이것은 RNA중합효소가 여러 제어인자의 안내를 받아 각 유전자 특유의 프로모터 부분을 찾아내어 결합하고, DNA의 이중나선을 풀어 앞으로 나아가면서, DNA에 상보적相補的인 RNA를 엮어서 만들어 나간다. 얼마나 많은 RNA를 만들 것인지, 얼마 동안 만들 것인지 하는 것은, 전적으로 이 프로모터 DNA의 성질에 달려있고, 환경의 변화를 인식하는 제어인자에 달려있다. 그러므로 프로모터는 유전자의 움직임과 그 발현과 제어에 결정적인 역할을 한다.

한편, 유전공학의 기술은 이러한 프로모터를 이용하여, 특정한 유전자를 인위적으로 고 발현하는 벡터시스템을 만들어 사용한다. 이때 강력한 프로모터인 Gal 프로모터, CMV 프로모터 등을 특정 유전자에 연결하여, 그 유전자의 움직임을 수백 배 증가시키기도 한다. 현재는 암이나 유전성 질병의 유전자 치료법으로 여구하고 있지만, 미래에는 필요한 종류의 유전자를 선택하여 주사를 맞는 시대가 올지도 모른다. 또한 이 유전자 발현 벡터는 필요에 따라 스위치를 끄고 켤 수도 있고, 한 번의 주사로 평생 지속할 수도 있다. 이처럼 우리의 특성과 능력이 자유로이 조절되는 시대가 가능하겠지만, 이러한 시대에서의 우리의 삶은 어떤 모습일까?

어떤 특정 유전자를 제어해야 할 필요가 있을 때는 먼저 프로모터를 점령하는 것이 좋다. 이 부분을 점령하고 있는 한, 막강한 위력을 발휘하는 어떠한 유전자라 할지라도 전혀 움직일 수가 없기 때문이다. 마치 접시에 담긴 고기수프를 대접받는 두루미의 신세거나, 테이블 위에 놓인 코르크 마개의 포도주 병을 병따개를 들고서 바라보는 모습일 것이다.

우리의 일상생활에도 프로모터 DNA와 같은 민감하고 중요한 부분이 있다. 이러한 프로모터 부분은 잘 가꾸고 보호하여야 한다. 타성적이고 습관적인 일상생활에서 무기력해지고 의욕이 떨어지는 것은 프로모터의 피로 현상이다. 피로 상태에서는 적절한 표현이나 멋진 모습이 나타나지 않는다. 그러므로 피로와 노폐물이 쌓이지 않도록, 프로모터는 항상 깨끗하게 유지하여야 한다. 신선하고 싱싱한 프로모터는 우리에게 삶의 활력을 주기 때문이다.

아카시아 흰 꽃잎과 달콤한 향기가 길가에 날리고, 붉고 붉은 장미가 피는 계절에, 그 꽃잎과 향기는 우리의 후각과 시각으로 스며들어, 유전자 프로모터를 신선하게 자극한다. 신선한 프로모터는 외부에서 오는 조그만 자극에도 고감도로 반응하면서, 우리들 유전자의 활성을 증가시킨다. 피로의 회복과 생활의 활력은, 신선한 자연환경과 이를 인식하는 신선한 프로모터 DNA에서 온다.

(2003. 5)

토양과 pH 이야기
-우리의 표현형과 잠재형은-

환경 중에서 pH(산알칼리성)[*]는 대단히 중요한 성질이다. DNA에서 만들어져 활동하는 단백질 효소 역시 pH에 따라 그 활성이 변한다. 대부분의 생명체가 극산성도 아니요 극알칼리성도 아닌 중성의 부근을 대체로 선호하는 것은, 이러한 효소의 활성이

■ pH(수소이온농도: 산성과 알카리성의 측도. 물은 중성으로 pH 7 부근이다.)

대부분 중성에서 높기 때문이다. 그러나 산성이나 알칼리성 조건에서도 작용하는 효소가 있어, 세균이나 곰팡이와 같은 미생물은 산성에서 알칼리성에 이르기까지 비교적 광범위한 조건에서 살아가고 존재하지만, 한편 강산성이나 강알칼리성에서도 살아가는 것들도 있다.

묵은 신 김칫국물에 국수를 말거나 혹은 냉면 육수에 식초를 듬뿍 넣어, 탄력 있는 쫄깃한 면과 함께 신맛이 나는 산성의 국물을 시원하게 마시는 것처럼, 음식물과 함께 들어오는 갖가지 병원균이 위 속에서 강한 산성의 위액(pH 2-4)에 의해 살균되는 것처럼, pH는 우리의 생활과 건강에 밀접하게 관계하고 있다. 세포의 70%는 물로 이루어지고, 생명체는 물을 떠나 존재할 수 없듯이, 물은 곧 생명을 의미한다. 또한, 산과 계곡을 지나면서 광물질이 녹아드는 자연의 물과, 생명체 내에서 흐르고 담겨있는 물은, 양분이 녹아있는 수용액으로, 모두가 pH를 가진다. 유전자가 만드는 단백질도 pH에 의존하듯이 생명체는 물에서 생활하고 pH 위에서 살아간다.

우리의 삶의 터전이었던 토양에서도 pH가 작용하여, 농업 생산에 있어서 pH는 중요한 의미를 지닌다. pH에 따라 토양의 화학적 성질과 작물의 생리가 변하기 때문이다. 십장생의 하나인 소나무는 산성 토양에서 살고, 진달래와 철쭉도 산성에 강하다. 논벼와 밭벼, 귀리와 옥수수 등, 우리의 주식은 산성에도 강하지만 시금치와 상치는 산성에 약하다.

지나친 산성화는 토양을 노화하게 하고 병들게 하는 한편, 암세포는 우리 체내를 산성화하고 조직을 파괴한다.

토양은 다양한 완충 능력이 있다. 토양 중의 미세한 콜로이드 입자는 음전하를 띠므로, 칼슘, 마그네슘, 철, 칼륨, 암모늄 등과 같은 양전하를 가진 양분을 결합한다. 잠재적 산성을 나타내는 수소 이온도 이러한 콜로이드 입자에 결합해 있다. 따라서 음의 전하가 큰 토양은, 많은 양분을 보유할 수 있어 완충력이 높은 토양의 성질을 가진다.

활산성活酸性은 토양이 현재 나타내는 pH이고, 잠산성潛酸性은 토양의 콜로이드 입자에 흡착되어있는 잠재적 pH이다. 잠산성도가 높은 토양은, 산성의 pH를 중화하기 위하여 알칼리성의 석회나 재 등을 뿌려 넣어도, pH가 곧 조정되지 않는다. 이는 콜로이드 입자가 가지고 있는 잠재 산성이 전부 소모될 때까지, 산성의 pH

를 나타내기 때문이다. 같은 산성의 토양이라도 같지가 않고, 잠재
산성도에 따라 차이가 나는데, 속속들이 산성인 토양을 중성으로
하는 데는 많은 개량제가 필요하다. 표현형과 잠재형의 차이다.

세계 어느 나라든 명암이 있어, 수도나 대도시의 특급호텔과 고
급백화점은 비슷하게 보이지만, 그 부근을 조금만 걸어 나오면, 도
시의 뒷골목은 완연히 다르다. 그 나라의 저력은 사실 뒷골목의 모
습에 있는지도 모른다. 겉으로 나타나는 표현형의 pH가 비슷하게
보여도, 어느 정도로 산성화되었는지는 석회가루나 재를 조금 넣
어 보면 금세 드러나듯이, 표현형은 비슷해도 잠재형은 같지 않다.

현대의 커리어 맨, 커리어 우먼은 어떠한 상황에도 능숙하게 대
응할 수 있는 잠재력과 완충력을 가지고 있어, 변화의 요인에도 서
투르지 않게 익숙한 솜씨로 대처한다.

반면에 일상적인 상황에서는 누구나가 잘 대응한다. 편의점이
나 패스트 푸드점에서는 초심자나 경력자나 정해진 프로토콜에 따
라 움직이면 되지만, 프로토콜에 없는 상황이나 돌발적 상황에서
는 여지없이 경력이 작동한다. 초심자와 경력자의 차이고, 완충력
과 잠재력의 차이다.

오늘도 걸어가는 보도 위를 차가 막는다. 어김없이 주차금지 팻

말 밑에 차가 서있고, 시내버스 정류장 표시판 밑에는 다른 차가 서있다. 소방서 앞에도 다른 차가 줄지어 있다. 백화점, 할인점, 귀금속 점, 레스토랑, 민물고깃집, 건강원, 큰 길가, 작은 길가, 뒷골목에까지 속속들이 차가 밀려 있다. 좁은 땅에서 편리하게 살려니 불편한 점이 많기도 할 것이지만, 모두에게 편리한 질서에 대한 우리의 표현형과 잠재형은 각각 어느 정도일까? (2003. 4)

항상성과 유전자
-항상성의 균형을 유지하는 유전자-

이 세상의 모든 것은 변화한다. 변화하지 않는 것이 없다. 설악산 천불동 계곡의 바위들도 매일 매일 조금씩 변화해 가며, 봄, 여름, 가을, 겨울, 사계절에 따라 색상도 모양도 변화해 간다. 그 바위들 사이를 흐르는 계곡의 물도 날씨에 따라서 기온에 따라서 시시각각으로 변화하고, 마침내 산천도 변화한다. 그래서 10년이면 강산도 변한다.

살아있는 생물인 초목도 동물도 사람도 변화하는 환경을 따라서 변화한다. 생물이든 무생물이든 한번 변화하면 알아보기가 어렵고 사람도 그러하지만, 이십 년, 삼십 년 만에 만나는 친구 형제와 부모자식은 서로를 알아본다. 50년도 더 전에 헤어진 남북 이산가족들은 만나서 얼싸안고 눈물을 흘리며 통곡한다. 현재의 모습에서 과거를 찾아내어 현재와 과거는 하나로 이어지는 것이다. 사람에게는 과거, 현재, 미래의 삼 세를 함께 하는 항상성이 있기 때문이다.

좋은 우물은 비가 오나 가뭄이 드나 수위가 일정하고, 더우나 추우나 수온이 일정하다. 여름에는 시원하고 겨울에는 따뜻하여, 한 바가지 물을 마실 때 그 온도와 맛이 손끝에서 느껴진다. 이것은 우물의 항상성이다. 또한 비선대 바위 위에 선 소나무가 사시사철 푸른 침잎을 유지하는 것은, 소나무의 항상성이다. 환경은 생물에 언제나 최적의 조건을 제공하지 않으므로, 생물은 변화하는 환경 속에서 항상성을 상실하면 살아갈 수가 없다. 그러므로 생물의 생사生死 갈림길은, 변화하는 환경에 대한 항상성에 달려있다.

고등생물은 항상성의 방향으로 의식과 세포가 움직이고 변화하며, 세포의 핵 속의 유전자는 항상성을 유지토록 고도로 제어된다. 음양이 조화를 이루듯이 항상성은 유지된다. 그러나 이러한 제어는 유전자의 한계 범위 내에서 가능한 것으로, 환경의 변화가 유전자의 활동 범위를 극심하게 벗어나면, 세포는 프로그램화된 죽음의 유전자를 작동하여서, 스스로 죽음의 길(세포사)을 선택한다. 그러나 암세포는 이러한 죽음의 유전자가 침묵 속에 있다.

한겨울의 바닷가에서는 생체 내 대사활동이 활성화하여 더 많은 열이 발생한다. 몸이 덜덜 떨리며 근육운동이 활발해져 열이 발생한다. 또한 더워졌을 때에는 땀을 흘림으로써 설정된 체온을 유지토록 조절한다. 그래서 추운 겨울, 동해안의 바닷가에서는 아무리 회를 많이 먹어도 체중이 늘까, 걱정할 필요는 없다. 이는 체온의 유지를 위하여 그만큼 많은 열량이 소모되기 때문이다. 어느 겨울 연말, 동해안의 거진에서 몹시도 추운 날 밤에 펄펄 살아있는 도루묵을 토막내듯 썰어서, 초장에 찍어먹던 맛은 잊을 수가 없다. 살찌지 않고 식도락 여행을 하려면, 겨울에 그것도 몹시 추운 동지섣달에 하는 것이 좋다. (2003. 1)

콩과 장작과 배우와 미토콘드리아

햇빛에너지와 대기중의 이산화탄소는, 신록의 나뭇잎 엽록체 속에서 광합성 경로를 통하여 생명체의 에너지원인 당으로 변화한다. 여기에서 만들어진 당과 토양 중의 뿌리에서 공급되는 물과 양분을 이용하여 들풀은 성장하고, 또한 들풀은 초식동물과 육식동물에 이르는 먹이사슬의 기초를 제공하여, 순환하는 지구 생태계가 이루어진다. 그러므로 야생의 들판에서 흐르는 생명의 움직임은 들풀에서 비롯되고, 인류의 눈부신 문명도 결국은 바람에 따라 눕고 일어나는 들풀이 변화한 에너지의 표현인지도 모른다. 길가의 담벼락을 덮고 있는 유월의 붉은 덩굴장미나, 밤의 현란한 종로 거리나, 강남 길거리의 바쁜 움직임도 결국은 이러한 에너지의 흐름인지도 모른다.

연극이나 영화는 극작가와 연출가의 디자인과 배우의 연기로써 나타나고, 극작가와 연출가의 절묘한 디자인과 배우의 실감나는 연기와 관객의 감동은 좋은 작품을 만든다. 장작은 타는 때와 장소에 따라서, 아침밥을 짓고 저녁밥을 짓고, 항아리를 굽기도 하고, 기차나 배의 기관을 움직이며, 때로는 마당에서 바비큐를 하거나 어둠을 밝히는 모닥불을 피우거나, 추운 겨울날 방안을 따뜻하게 하기도 한다.

장작의 이러한 운명은 어떻게 결정되는 것일까? 사실 장작은 단지 연소할 뿐으로, 그 이후의 가치에 관해서는 장작의 영역 밖일 것이다. 장작불을 피워 콩을 삶아내고, 짓이겨서 메주를 쑤든 죽을 쑤든 두부를 만들든, 그것은 주인의 마음이고, 이에 따라서 콩은 콩죽과 메주와 두부의 길을 향하여 떠난다. 장작과 콩죽과 메주와 두부는 어떤 관계일까?

자신의 영역을 관객의 가슴속에 펼쳐 나가는 배우와, 불타는 장작과 또한 끓는 콩의 차이는 창의적 활동성에 있고, 그 동일성은, 모두가 극본이나 주인에 따라야 하는 에너지의 소유체이며, 에너지의 변형된 모습이라는 것이다.

　창의적 활동성은 배우의 운명을 결정하며, 이에 필요한 것은 전체의 흐름과 방향성에 대한 이해와 통찰과 에너지의 연소이다. 타던 장작불이 꺼지면, 죽도 밥도 아닌 설익은 중간 산물이 되고 말듯이, 에너지는 잘 연소되어야 한다. 에너지는 연소하면서 다른 형태로 변화해 가지만, 결국 생명체의 존재와 움직임의 기본이고 공통성이다. 세상의 생태계에서 일어나는 경쟁과 싸움의 원인과 목적도, 결국에는 에너지의 획득에 있는지 모른다.

　햇빛에서 엽록체를 거쳐서 온 포도당은, 대사 경로를 지나 미토콘드리아로 이동되고, 연소되면서 에너지(ATP)로 전환된다. 포도당 한 분자 180.2그램을 완전히 불태우면, 마지막엔 탄소와 산소와 수소로 날아가고, 686kcal의 열량을 내지만, 세포에서는 포도당 한 분자를 연소하여, 이산화탄소와 물과 38개의 ATP를 만들어 낸다. ATP 한 분자는 7.3kcal를 내므로 결국 38%의 열효율을 내는 셈이다.

미토콘드리아는 세포 안에서 수백, 수천 단위로 존재하며, 세포의 활동에 필요한 에너지를 생성하고 공급하여 생명체의 움직임을 유도한다. 그러므로 햇빛에너지는 엽록체와 미토콘드리아를 거쳐 이동하면서, 생명체의 탄생과 활동과 죽음을 연결하고, 인류 문명의 흥망성쇠를 일으키는 셈이다. 일에는 에너지가 소요되고, 에너지의 연소는 곧 왕성한 생명체의 활동이다. 좋은 활동을 위해서는 저녁에 깨끗하게 세수하고 정좌하여, 조용하게 숨과 기를 고르고 모아서, 우리의 세포 속에 있는 생체 에너지의 발전소, 즉 미토콘드리아를 조절해야 한다. 미토콘드리아의 활동은 호흡에 의존하기 때문이다. (2003. 6)

고정적 사고(思考)의 유래

-유전자 스펙트럼을 전환할 때-

　오늘도 한강철교를 지나 용산역 부근에 이르는 윤이 나는 철로
와, 그 옆에 녹이 슨 철로변의 풀들과 꽃들은 그 모습으로 서있거나
지나가는 바람에 흔들리고, 적 · 청 · 황색의 신호기는 삼색의 언어
로써 달리는 열차의 움직임을 제어한다. 남북으로 길게 뻗은 고정固
定 루트인 경부선 철로 위를 부산행 무궁화호 열차는 바람을 일으키
며 달려간다. 열차는 시간과 날과 달과 계절에 따라서 변화하는 주

위 풍경風景 속을 달리고, 사람들은 여정旅情 속에서 차창 밖을 내다보며 전혀 고정적이지 않은 풍요한 상상의 궤도 위를 달린다.

약 60조의 세포가 구성하는 우리의 몸은 10여 종류의 기관계와 이를 만드는 4개의 조직(상피조직, 근조직, 신경조직, 지지조직) 등으로 이루어지는데, 각 세포에서는 약 3~5만 개의 유전자가 상호작용하면서 우리의 활동을 일으키고 제어한다. 이 가운데서 우리가 일상적으로 사용하는 유전자의 수는 얼마나 될까? 정확한 수는 알 수 없지만, 약 20% 미만의 유전자가 항상 움직이고 있다.

우리는 매일 어떠한 유전자들을 사용하고 있을까? 사용하는 유전자는 성장 과정에 따라, 혹은 나이에 따라 다르며, 날과 계절과 희로애락의 기분에 따라서도 역시 다르다. 또한 작동하는 유전자의 스펙트럼은 하는 일에 따라서 변화한다. 이러한 유전자의 스펙트럼을 알려주는 신호기는 우리의 감각이나 지각 속에 있지만, 우리는 이를 알아채지 못하거나 간과하여, 고정적인 일상의 생활 속에서 제한된 유전자만을 사용한다. 유전자는 사용 빈도에 따라서 활성화되거나 혹은 퇴화해 간다.

때로 우리는 자신도 이해할 수 없는 일을 하는 때가 있다. 이는 일을 하는 주체가 현재에 몰입되어 분별력이나 판단력의 정지 상태에 있고, 피로와 권태가 축적되어 오류가 일어나거나, 이를 수정하고 복구하기 위한 바이패스 안전회로가 작동하여 다른 경로의 움직임을 나타내기 때문이다.

그러나 어쨌든 우리는 대개 자신의 방식대로 산다. 혹자는 자신의 방식에 의해서가 아니라, 타의에 의해서 산다고 항변할지도 모르지만, 한계상황 속에 서있지 않는 한, 결국은 자신과의 합의에 따라 그렇게 사는 것이고 보면, 누구나 자기의 방식대로 사는 것이라 할 수 있다.

모든 생명체는 하나뿐인 소중한 존재이듯이, 우리가 사는 방식은 그대로가 소중한 삶이므로, 여기에 획일적인 기준이나 잣대를 댈 수는 없다.

물은 담는 그릇에 따라 모습이 변하면서도 여전히 물이지만, 우리의 사고思考는 얼마나 고정되어 있는가? 우리는 지난 기억을 더듬어 회상의 미소를 짓거나 때로는 부끄러움을 느끼면서, 그때와 지금이 같지 않음을 안다. 우리들 자신은 시시각각으로 생각이 바뀌면서 성장해 가지만, 한편 일상적인 생활의 반복 속에서 유전자의 발현 스펙트럼은 단순해지고, 생각의 고정화가 진행되어, 마침내는 그 용량과 한계가 드러나는 것이다.

새는 날아다니고 짐승은 걷거나 뛰어다니며 벌레는 기어다닌다. 이것은 움직이는 개체의 고정적인 운동방식이다. 한편, 바람에 돌아가는 풍차를 향하여 창을 들고 돌진하는 돈키호테의 모습은 고정화된 사고思考의 전형典型으로, 지금을 살아가는 우리의 희극적인 모습인지도 모른다.

일상적인 피로와 권태가 느껴질 때는, 혹은 더 이상 일의 진전이 없고 머뭇거려질 때는 시각視覺을 바꾸어서, 사용하는 유전자의 스펙트럼을 바꾸어 보라. 일정한 유전자의 움직임만으로 그 일의 한계에 부딪칠 때는, 자리를 박차고 일어나 창 밖의 가로수나 북한산을 바라보면 새로운 유전자의 움직임이 유도될 것이다. 자동차가 달리는 길에 따라 변속이 필요하듯이, 세포의 유전자에도 변속이 필요하고, 우리의 일상생활에도 변속이 필요하다. (2003. 7)

효모의 유전자는

　　효모酵母는 하나의 세포로 이루어진 단세포 미생물로서, 인류의 문화 발달에 큰 공헌을 하고 있다. 효모는 발효 호흡을 하여 탄산가스로 부풀려진 빵떡을 만들며, 과실이나 곡식 중에 있는 당분을 분해하여 알코올을 생성하고 술을 만든다. 빵떡 없는 세상은 슬픈 세상이고, 술 없는 세상 또한 서글픈 세상이니, 효모 없는 세상은 참으로 재미없을지도 모른다.

효모는 일찍부터 연구의 대상이 되어, 먼저 그 게놈genome 해석이 완료되어 있으며, 실험실에서 다루기도 간편하여, 생명공학, 유전공학을 위한 기본적 모델실험계로 이용된다.

효모의 게놈은 약 천 이백만 개의 DNA로 이루어지며 약 6,000개의 유전자를 코드하고, 이에 상응하는 수의 단백질들을 만들어 낸다. 이러한 유전자의 역동적인 작용에 의해서, 즉 그 기능이 다른 6,000종류의 단백질의 작용에 따라서, 효모는 밤과 낮, 사시사철 변화하는 환경 속에서 생활해나간다. 크고 둥근 선인장에서 아기 선인장이 삐죽이 나오는 모양으로, 어미 효모는 딸세포를 만들어 내고, 새로이 만들어진 딸세포는 2시간 정도면 성숙해져서, 다시 딸세포를 만들면서 증식해나간다. 환경조건이 살기에 어려우면 효모는 휴면을 하거나 포자를 만들어 악조건 속에서 그 존재를 유지하다가, 다시 조건이 적합해지면 깨어나서 증식을 한다.

이러한 효모의 생활은 각 유전자의 발현 조절에 의하여 변화하는 환경에 대응하지만, 각 유전자들의 위치는 게놈 DNA 위에서 변함이 없다. 같은 종류의 효모가 수천억이 모여 있어도, 각 유전자는 각각의 효모에서 정확하게 같은 게놈 DNA의 위치에 있는 것이다. 그 유전자들의 자리는 효모의 출현 이래 긴 시간 속을 진화해 오면서 정해진 위치이다. 진자리 마른자리, 금력 권력의 자리가 따로 없고, 좋고 나쁜 자리가 따로 없으니, 각 유전자 간의 자리차지 경쟁도 없다. 우리 생활에서 없어서는 안 될 효모의 유전자는, 상호 보완적이고 상생相生의 방법으로 생명 현상을 유지한다.

(2003. 3)

토양과 DNA

토양土壤은 식물과 미생물과 같은 생명체의 활동 공간으로서, 무언가 싹을 틔울 수 있는 발생적인 생명 환경을 의미한다. 요즈음과 같은 봄에는 토양 속에서의 움직임(이화학적, 생화학, 유전학적)이 활발해지고, 진달래 개나리의 분홍 노랑을 만들어내는 색소유전자는 더욱 그 발현 활성이 높아진다. 이른 봄은 꽃나무의 세포 유전자가 활동하기 시작하는 시기인가 보다.

토양은 지구의 탄생 이후, 긴 세월(약 45억 년) 동안 풍화작용을 받으면서 형성되었다. 유기물이 많은 비옥한 토양은 인류 문화의 발생지로서, 나일강 유역의 이집트 문명(이집트), 티그리스 유프라테스강 유역의 메소포타미아 문명(중동, 이라크), 인더스강 유역의 인더스 문명(인디아, 모헨조다로), 황하유역의 황하 문명(중국) 등은 풍족한 수량$_{水量}$과 강의 범람이 가져오는 비옥한 토양을 기본으로 하여, 고대 농경 문명사회의 발전을 이룩하였다. 지금까지 식량의 유일한 생산수단으로서, 넓고 비옥한 토양은 여전히 국력의 기본이 되고 있다.

지구가 대기권, 지각권, 수권의 3권으로 이루어지듯이, 토양은 토양 광물(45%)과 유기물(5%) 같은 고상$_{固相}$(50%)과, 토양 중의 수분인 액상$_{液相}$(20-30%), 토양 중에 있는 공기의 기상$_{氣相}$(20-30%)으로 3상을 구성하는데, 이러한 3상은 토양의 생태계를 구성하는 필수적 요소이다. 토양 광물과 유기물은 식물의 뿌리세포와 미생물 세포에 성장의 공간과 양분을 제공한다. 토양 중의 산소는 식물 뿌리의 세포 호흡에 필수적으로, 특히 산소를 이용하는 에너지 생산계에 대단히 중요하다. 또한 수분은 양분의 이동수단이고, 세포의 모든 대사작용이 일어나는 장소이다. 이러한 토양의 3상은 생명체가 탄생하고, 성장하고, 활동하며, 마침내는 죽어서 다시 분해되는 공간인 것이다.

고등식물은 토양 공간과 토양 표면 위의 대기중에 위치하면서, 뿌리는 토양의 양분과 수분을 흡수하고, 잎의 엽록체는 태양에너지를 이용한 광합성으로부터 포도당을 생산하여, 일차 생산자로서 먹이사슬의 기본을 이룬다. 또한 사계절을 지나면서 만들어지고 생장하는 잎과 꽃과 열매와 줄기, 그리고 뿌리는 다시금 토양으로 돌아가서 토양을 더욱 풍요하게 만든다.

한편, 토양 내부는 수많은 미생물의 세계로, 수억 단위의 미생물(토양 1그램 중에 10의 8승의 세포)이 존재하는데, 토양 중에 있는 생물유체나 유기물 등을 분해하여 자신과 식물뿌리에 양분을 공급하므로 무생물과 고등생물을 연결해주는 역할을 한다.

흙덩어리면서도 또한 미생물의 덩어리라고 할 수 있는 토양에는 다양한 DNA가 포함되어 있어서, 토양 중에 있는 DNA의 양과 종류에 따라서 토양의 성질과 비옥도를 설명할 수 있다. 즉 DNA의 양이 많다는 것은, 토양 중에 토양동물, 미생물, 식물유체 등의 유기물이 많음을 의미하며, 다양한 종류의 DNA가 있다는 것은 여

된 제도制度에 익숙한 우리에게는 신선한 충격이다.

　오래전에 일본에서 같이 유학하던 몽골 친구가 있었다. 풍채와 느낌은 전혀 다르지 않지만, 말을 하면 그는 몽골사람이고 나는 한국사람이다. 먼 옛날 선조 대에는 이웃에 살았었는지도 모른다. 그에게 칭기즈칸의 시절, 세계를 제패했던 몽골이 지금 그 사회 발전상이 더딘 것은 제도의 문제인지, 사람의 문제인지를 물었더니, 사람은 어디에서나 같은 사람인데 제도의 문제이지 결코 사람의 문제가 아니라는 대답이었다. 몽골이나 중국이나 한국이나 일본이나 같은 사람이 산다는 것이다.

　사실 자연인으로서의 사람과 제도 안에서의 사람의 모습은 다르지만, 완벽한 사람도 없고 완벽한 제도도 없다. 사람과 제도는 상호 보완함으로써 사람이 살아가는 사회를 유지해 나간다.

　아주 옛날에는 팔조의 금법禁法이라는 여덟 개의 금칙사항으로 이 사회를 유지해 나갔고, 지난 1960년대까지만 해도 우리는 상식과 대화로써 큰 문제없이 살아갈 수가 있었다. 그러나 지금은 이러한 상식으로 통하기에는 사회가 너무 복잡해졌다. 전문화하고 다양해지고, 물질의 풍요에 따라서 겪어보지 못한 새로운 상황들이 수시로 나타나므로, 개개인의 지식과 상식으로는 해결할 수 없는 문제들에 직면하고, 이에 따라 사람의 모습도 변화해 간다.

그러나 사실, 일상생활에서 정작 어려운 법률해석으로까지 가야하는 고차원의 문제들보다는, 지금까지의 상식을 깨뜨리는 데서 발생하는 문제들이 더 많다. 즉 여덟 가지의 금칙사항이나, 상식의 범위를 벗어나는 일들이 더 많은 것이 문명화된 지금의 문제이다.

그러나 아무리 사회가 고도로 발달해도, 사람 사회의 기본적 구조는 변치 않고, 그 속에서 사는 사람도 마찬가지이다. 아기는 태어나면서 울음을 터뜨리고, 호흡을 시작하면서 엄마의 젖을 찾는다. 이는 모체 내에서 성장할 때 미리 입력된 프로그램인 본능이다. 동물도 마찬가지로, 태어나 환경 속에서 생을 영위할 수 있는 기본적인 프로그램은 모체에서 미리 가지고 태어난다. 태어날 때부터 가지고 있는 본능이나 재능은 결국 게놈 DNA에 기록된 내용인지도 모른다. 기나긴 생물의 역사 속에서, 선조가 살아남아 온 진화의 기록들이 게놈DNA 속에 저장되어 있는 것이다. 그러므로 들판에서, 산 속에서 갓 태어난 동물의 새끼들이 살아서 성장하고, 다시 그 종족을 이어가는 것은, 생물학적인 삶의 기본적 형태가 DNA 유전자에 담겨있어 가능한 일이다.

지금까지 쌓인 문명은, 태어난 아기가 사회 속에서 성장하고 살아가면서 획득해야 할 내용이다. 자라는 어린이에게는 모든 것이 새롭고 흥미의 대상일 수 있지만, 인류의 기나긴 역사 속에서 축적된 내용들은 그들에겐 전혀 새로운 얘기이다. 낫 놓고도 모른다는 기역자도 어린아이에게는 새로운 얘기이다. 물론 모든 것을 다 알아야 할 필요는 없고, 또 다 알 수도 없지만, 어린이에게는 팔조의 금법도 어른들의 상식도 어렵고 낯설다. 문명이 쌓일수록, 그 속에서 살아가는 데 필요한 요소들이 점점 많아지고, 문명사회 속에서 살아가는 데 가져야 할 현대인의 기본 시스템(OS)은 커지고 무거워지는 것이다.

그러나 이 문명사회와 자신을 혼란에 빠트리고 단절시키는 것은, 새로워진 시스템의 미비나 사용의 미숙에서 오는 것이 아니라, 수천년 전에 이미 이루어진 삶의 기본시스템인 진리, 정의, 자유, 사랑 등과 같은 어쩌면 게놈DNA에도 기록되어 있을지 모르는 공통적 구성요소가 작동하지 않는 데 있다. 사회의 혼탁은 고도한 기술의 미숙련이 아니라, 이러한 기본 시스템의 무시에 있다. 제도의 문제인가? 사람의 문제인가? 사람이 제도를 만들고 제도가 새로운 사람을 만들어내지만, 결국은 사람이 그 주체이다. 그러나 문명화된 현대사회 속에서, 사람은 늘어나는 제도 속에 갇혀서 굳어지고, 생명체의 기본시스템은 그 움직임이 무겁고 느려지는 것이다.

〈地上의 소나무는〉

지상의 소나무는 하늘로 뻗어가고/ 하늘의 소나무는 지상으로 뻗어와서/
서로 얼싸안고 하나를 이루는 곳/ 그윽한 향기 인다 신묘한 소리 난다/

지상의 물은 하늘로 흘러가고/ 하늘의 물은 지상으로 흘러와서/
서로 얼싸안고 하나를 이루는 곳/ 무지개 선다 영생의 무지개가/

지상의 바람은 하늘로 불어가고/ 하늘의 바람은 지상으로 불어와서/
서로 얼싸안고 하나를 이루는 곳/ 해가 씻기운다 이글이글 타오른다/

(박희진朴喜璡, 〈지상의 소나무는〉 전편)

이 시는 현대인의 무거워지고 헝클어진 마음의 시스템을 정리해주는 소중한 시스템 파일인지도 모른다. 이 파일은 우리의 굳어지고 흐려진 얼굴에 물을 흐르게 하고, 식어지고 흐트러진 마음에 새로운 정열을 타오르게 할지도 모른다는 기대감으로 몇 번이고 열어서 다시 읽어본다. (2003. 9)

짐승과 DNA칩

　우리는 생활의 현장에서 짐승을 비유의 대상으로 곧잘 사용한다. 짐승 같은 놈, 짐승만도 못한 놈이라고 한다. 당사자들은 고래고래 고함을 지르고, 주위 사람은 뒤에서 쑤군거린다. 무슨 엄청난 일인지는 모르지만, 짐승의 종류만 해도 수없이 많은데 애꿎은 짐승들을 도매금으로 넘기면서 얘기하는 정도가 좀 심하다. 그렇다면, 짐승은 어떠한 놈인가. 나쁜 놈인가? 좋은 놈인가? 죽일 놈인가? 살릴 놈인가? 이런 물음 자체가 흰 놈, 검은 놈의 이분법적인 접근이다.

　짐승은 고등생물로 포유동물이다. 짐승이 달리고 뛰고 숨는 움직임은 뇌 속에 프로그램화되어 있다.

　단군신화에서 곰과 호랑이는 인간이 되기 위해 100일 동안 기도를 하는데, 결국 웅녀가 된 곰과 환웅 사이에서 단군 왕검이 탄생하였으니, 짐승은 시간상으로 사람에 앞서고, 생물의 진화 단계에서도 사람의 선조가 되는 셈이다. 또한, 짐승이나 사람은 생물체로서 그 구조와 작동기능이 매우 비슷하다. 풀꽃이나 매화꽃이나 진달래꽃이 비슷한 구조인 것과 같이.

　이 세상과 생물은 어느 한 면으로 이루어지기보다는 양면성과 다면성으로 이루어진다. 자신의 고정적 시각으로는 한 면만 보이겠지만, 사실 짐승은 죽일 놈도 아니고 살릴 놈도 아니고, 그저 이래저래 제 나름으로 살아가는 생명체이다. 그렇다면, 그렇게 짐승을 놓고 상반되는 얘기를 하는 이유는 뭘까?

　생명체에게는 생명의 영속성을 지키기 위한 이기적인 유전자와, 다른 생명체와 함께 살아가는 데 필요한 이타적인 유전자가 있는데, 이기적이든 이타적이든 모든 유전자는 결국, 생명의 영속성을 유지하기 위해 필요한 것들이다. 그러나 이기적인 유전자가 표면에 나타날 때와, 이타적인 유전자가 표면에 나타날 때의 생물은 전혀 다른 모습이다.

짐승이 변화하는 환경 속에서 살아가는 동안, 그 유전자의 움직임도 변화해 간다. 이것은 누가 그렇게 하라고 해서 하는 것이 아니라, 그렇게 되도록 만들어진 유전자의 고유한 특성이다. 그러므로 짐승 같은 때의 짐승의 유전자와 짐승만도 못한 때 지칭되는 짐승의 유전자는 분명히 다르겠지만, 그렇게 말하는 사람의 유전자는 아마도 동일한 유전자, 즉 이기적인 유전자일 것임에 틀림이 없다.

사실이 그러냐고 물을 때는 아마도 그럴 것이라고 대답해야겠지만, 이렇게 상황에 따라 달라지는 유전자의 움직임을 찾아내어 나타내는 DNA칩이 멀지 않은 때에 등장할 것이다. 간단한 DNA칩 하나로 죽일 놈의 짐승과 살릴 놈의 짐승을 구분하는 세상은 그리 멀지 않다. 그러나 그러한 시대는 아무래도 별 재미없을 것 같은 생각이다. (2004. 2)

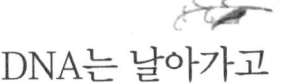

DNA는 날아가고

-시간의 공간대에 그려지는 그림-

 사람의 몸을 이루고 있던 모든 세포와 그 유전정보를 나타내던 30억 DNA의 연결체인 게놈DNA는 태워져 공기 중으로 날아가 버리고 한 줌의 재만 남는다.

 벽제의 장묘 사업소에서는 하루에도 수없이 많은 DNA가 태워 진다. 며칠 전에 나누었던 이야기는 아직도 귓전에 남아있고, 그 모습은 눈앞에 선하게 그려지는데, 그 이야기를 하던 주체는 재로 날아가 버린 것이다.

　생명체의 유전정보를 나타내던 DNA가 연소하여 허공 속으로 날아가 버린 것은, 아데닌, 구아닌, 시토신, 티민으로 구성되는 게놈 DNA가 분자의 세계에서, 탄소, 수소, 산소, 질소, 인(C, H, O, N, P)으로 흩어져 원자의 세계로 돌아간 것이다. 원자의 적절한 집합은 분자를 만들고, 이러한 분자의 적절한 집합이 생명체를 만드는 것이니, 이제 그 역의 순으로 순환한 것이다. 그렇다면, 생명은 어디로 간 것일까? 생명의 기氣는 모였다가 흩어지는 구름인가, 휙 지나가는 바람인가, 혹은 지나간 겨울인가. 생명체의 기본 코드인 DNA가 허상이면 그 실상은 무엇인가?

　살아있는 세포에서 RNA 중합효소는 DNA의 암호에 대응하는 RNA를 만들고, 그 RNA의 의미는 리보오좀에서 해독되어 최종 집행자인 활동형 단백질을 만든다. DNA 설계도에 따라 만들어진 다양한 기능 인자가 생명 개체를 만들어가는 것이다. 이처럼 세포 속의 3차원의 공간대에서 DNA가 RNA로, 단백질로 만들어지고 개체가 이루어지듯이, 생명체는 시간의 공간대에서 생명의 움직임을 그려나간다.

아무 보는 이 없어도 들꽃은 피었다가 지지만, 어느 먼 시간의 공간대에는 들꽃이 피는 모습과, 휘날리는 모습과, 활짝 핀 모습들이 그려져 있을지 모른다. DNA와 세포질이 세포를 만들고, 세포가 다시 하나의 개체를 만들어 내면서 완성된 생명개체는, 시간의 공간대에 생명의 그림을 그린 후, 한 줌의 재로 돌아가는지도 모른다. (2003. 3)

시와 음악에 반응하는 유전자

-시와 아코디언과 유전자-

설을 앞두고 새로이 시작된 인사동 시 모임, 장소는 그 이름이 '시인학교'이다. 교육부나 문화관광부에서 인가한 학교가 아니고, 종로에서 들어가는 인사동길의 초입에 있는 조그마한 전통찻집의 이름이다. 그러나 그 교장은 시를 좋아하여 인사동에 시인학교라는 카페를 열었으리라. 지난해까지는 서구 풍의 '아트사이드 카페'에서 이생진 시인과 박희진 시인이 출연하는 시 모임이 있었으나, 새해부터는 이곳으로 장소를 옮겼다. 서구 풍과 전통 풍, 이것도 인연인가 싶다.

자리가 비좁도록 들어선 청중 속에서 두 분 시인의 열정적인 시 낭송 공연과, 변규백 작곡가와 한덕희 가수의 공연이 이어졌다. 시와 음악, 이는 절묘한 어울림이다. 언제나처럼 이생진 시인이 즐겨 사용하던 카세트 녹음기에서 나오는 '목포의 눈물'이 아니라, 작곡가 변규백 선생이 공연을 위하여 새로이 장만한 번쩍번쩍한 아코디언 반주와 여기에 어울리는 한덕희 가수의 생생한 노래였다. 연주가의 손 움직임을 따라 아코디언에서는 향수 짙은 소리가 울려 나오고, 시 낭독 동안에 숨죽였던 청중들은 일제히 어깨를 들썩들썩한다. 이것은 아코디언 소리에 유전자가 반응하여 근육에 어깨를 움직이도록 시그널을 보내기 때문이다. 잘 훈련된 유전자와 신경조직은 가락에 맞추어 몸을 보기 좋게 움직이도록 한다.

음악에 맞추어 몸을 움직이는 것은 사람만이 아니라, 대부분의 생명체가 공유하고 있는 것이어서, 인도의 코브라는 피리소리에 따라 춤을 추고, 태국의 코끼리도 발과 코를 흔들며 춤을 춘다. 이웃집의 강아지는 노래 소리를 따라 짖는다.

소리는 감각기관을 통하여 뇌로 전달되고, 생각할 사이도 없이 신경을 통하여 근육을 움직이는 지령이 전달된다. 생체 내에는 소리의 시그널에 반응하는 유전자가 있어, 수백 분의 일 초 내에 춤의 시그널이 내려진다. 우리 몸의 세포에서는 유전자들이 음악에 맞추어서 이에 소요되는 물질들을 차례차례 만들기 시작한다. 연주가의 손가락이 아코디언의 건반과 화음 코드를 누르는 것은, 사실 우리들의 세포 속에 있는 특정 유전자를 누르는 것과 같은지도 모른다. 연주자의 마음속 가락이 손끝을 타고 건반에 이르고, 아코디언이 울리는 소리는 청중들의 유전자를 자극하여 춤과 감동을 일으킨다. 실로 마음에서 몸으로 그리고 다시 마음으로 이어가는 다이내믹한 흐름이다.

우리들이 생활하는 일상적 환경 속에는 보이지 않는 수많은 자극들이 흐르고 있다. 텔레비전, 라디오, 핸드폰 등을 향한 수많은 전파가 흐르고 있다. 지금이라도 라디오나 텔레비전을 틀면 연속극이 나오고 뉴스가 나오고 노래가 나오지 않는가. 하지만, 우리는 이러한 자극들을 느끼지 못한다. 자극은 있으나 우리의 수신기는 켜져 있지 않고 인식하지 못하기 때문이다. 좋은 자극에 반응하기 위해서는 좋은 레포터 유전자(반응 유전자)가 필요한데, 사실 이러한 레포터 유전자는 누구나 가지고 있다. 사용하느냐 않느냐는 각자의 개성이고, 세밀하게 반응하도록 잘 갈고 닦는 것은 자신의 노력이다. 시와 음악에 반응하는 유전자, 이는 우리의 삶을 풍요하게 하는 것인지도 모른다. (2003. 1)

■ 인사동 시낭송회는 현재 인사동 '수도약국' 골목의 '보리수 갤러리'로 장소를 옮겼다.

레디메이드 인생인가?

-만들어가는 인생-

무한에 가까운 만남의 가능성 가운데서, 우리가 만나는 지금은 어떠한 인연에서일까?

지난달에도 어김없이 마지막 월요일의 늦은 7시, 만재 선생과 수연 선생이 연출하는 인사동 시모임이 있었다. 나의 일상적인 일의 궤도를 벗어나, 한 달에 한 번 번화한 종로거리로 나가는 데 재미를 들인 것이 어느새 삼 년이 되었나 보다. 종로3가에서 종로1

가에 이르는 거리는 언제나 젊은 연인들과 한 떼거리의 학생들과 다양한 모습의 사람들로 번잡하다. 장맛비가 내리던 그날 그 시각, 우산을 받쳐들고 그 부딪치는 물결 속에서 사람들 속을 헤치면서 인사동 시모임으로 흘러가는 사람들도 있었으리라.

한 달에 한 번의 정기적인 모임은 가기 쉽기도 하고 어렵기도 하다. 쉬우면 쉽고 어려우면 어려운 것이지 무슨 회색의 이야기냐고 하겠지만, 보는 측면에 따라서 맞는 말이기도 하고 틀린 말이기도 하다. 중학교 미술시간에 아그리파나 비너스의 석고상을 앞에 놓고 데생을 하다 보면 보는 각도에 따라서 그 모양과 명암이 전혀 달라지듯이, 동일한 대상에 관해서도 전혀 얘기가 달라지는 것이다. 그 다른 얘기들은 거짓일 수도 있고 참일 수도 있지만, 전부는 아닌 것이다. 쉽다는 것은, 한 달에 한 번 미리 정해진 날짜이니 번거롭지 않다는 것이고, 어렵다는 것은 깜빡 잊어버린다든지 갑자기 다른 일이 생긴다는 것인지 하는 것인데, 결국은 현재 진행하고 있는 일과의 비중이 어디로 기우느냐 하는 문제이다. 이쪽이냐 저쪽이냐, 선택은 자신의 마음의 눈금이다.

장맛비가 내리는 날임에도 불구하고 많은 사람이 모였다. 이것은 의외다. 왜일까? 비가 내리는 날은 평상적인 모임에는 적당치 않은 조건이어서, 그런 날은 일찍 집으로 들어가거나, 마음에 맞는 친구가 있다면 시원한 생맥주나 전을 곁들인 냉 막걸리를 한잔 마시기에 적당한 조건이기 때문이다. 그러나 그날은 참석한 사람들과 시모임과는 어울리는 조건이었나 보다. 비와 시는 어울리는 연인가 보다.

그날, 고고한 수연 선생은 흰색 두루마기에 챙 없는 모자를 쓴 이집트의 오렌지 장수 복장으로 변복·전락(?)했고, 평상복의 만재 선생은 시 감독으로 변신·격상(?)했다. 많은 청중과 함께 초대연사도 셋이나 되어, 변복 변신한 그대로 노선수는 더욱 신나게 정열을 내쏟고, 노감독은 더욱 느긋해진 모습으로, 서로 사인이 맞았다. 선수와 감독은 극과 극이지만, 노선수와 노감독은 하나로 통하고 언제든지 스위치가 가능하다. 상황에 따라 익숙하게 선수의 모습이나, 코치, 감독의 모습을 나타내는 것이다. 선수와 코치와 감독을 겸하는 현역의 노익장, 내면의 힘, 즉 저력이다.
젊은 시절 일본 자이언츠 야구팀의 뛰어난 선수였고, 육십이 넘도록 감독을 지냈던 나가시마張島씨는 인기가 좋다. 탤런트처럼 생김새도 서글서글한 항상 웃음 띤 모습이 멋이 있고, 한쪽으로 치우

치지 않은 그의 얘기는 부드럽고 재미있다. 그러나 운동선수를 한 적도 없는 칠순이 넘은 두 분 시인은, 어디서 그러한 정열이 나오는 것일까? 노선수와 노감독은 한여름 강가에 선 포플러 나무처럼, 휘날리듯 햇살에 반짝이는 잎처럼 이야기를 쏟아내고, 청중들은 그 나뭇가지 위에 모여 앉은 한 떼의 새들처럼 앉아있다.

거침없이 이어지는 시 낭송과 담론, 그 이야기는 도대체 어디에서 시작되는 것일까? 뇌 속에서 수천억 회선으로 네트워크를 형성하는 신경세포에 장기 저장長期貯藏되어 있던 기억들이 필요에 따라, 분위기에 따라 술술 풀려나오는 것일까? 말은 생각의 표현이고 글은 더욱 정제된 생각의 표현인데, 이는 긴 세월 동안 길든 시인의 영혼의 움직임과 흔적인지도 모른다.

생각과 말과 글은 삼각관계로 이들의 관계를 엮고 푸는 것은 환경과 에너지와 유전자이다. 이야기할 때 생각과 이야기는 거의 동시에 일어난다. 미리 얘기할 내용을 생각해두긴 하지만, 전적으로 그 말을 미리 외워두고 하는 것이 아니라, 얘기의 본줄기를 따라 이미 기억된 말들이 적절히 엮어져서 나오는 것이다. 어쩌면 밖으로 나온 얘기가 안에 있는 생각을 깨우는 것인지도 모른다. 즉흥적인 얘기는 그때의 분위기에 따라 하는 것이지만, 실은 이미 생각해

두었던 것일 수 있다. 즉흥적인 표현도 결국은 내면에 축적된 이야기의 표출이다. 수천 년간 이어온 시의 역사 위에 칠십여 년 동안 축적된 이야기가, 뇌의 신경세포 네트워크를 통하여 적절하게 선택되고 이어져서 나오는 것이다. 그러나 어떤 이야기를 어떻게 선택하고 잇느냐는 것은, 전적으로 그 분위기와 개인의 특성이다. 누구나 같은 경험을 하더라도 그에 대한 반응이 같지 않은 것처럼.

그날의 인사동 시모임은 그렇게 흐르도록 되어 있었던 것 같다. 거기에서 만나는 사람들의 인연은 어떤 인연일까, 언제부터 예정되었을까 하고 생각하다 보면, '뭘 거기에다가 다시 분별을 두려는가', '그게 망상이지', '좋으면 좋은 것으로 두면 될 것을'이라는 목소리가 어디선가 들리는 듯하다. 사람을 이리 보고 저리 보고 틀어 보고 비틀어 쥐어짜서 보고, 그래서 뭘 어쩌겠다고, 요즘 세상은……
며칠 전 오랜만에 통화한 김 시인의 전화 속 목소리가 들리는 듯하다. 있는 그대로를 보려고 하지 않는다는 질책이다.

우리들 인생은 인연의 연속이고, 그 인연에 의해서 일어나는 표상으로 우리는 오늘을 살아간다. 지금은 과거의 인연의 결과이고,

지금은 미래의 현재를 만들어 나가는 셈이다. 그러나 그 인연도 칠십조 분의 일의 가능성 가운데서 하나로 태어나는 아기처럼, 결국에는 이미 결정되어 있는 가능성의 하나에 지나지 않는가. 전지전능이요, 뛰어봐야 부처님 손바닥이요 하는 것도 이를 두고 하는 말인가?

그러나 매년 오는 봄과 여름이 같지 않듯이, 시간은 새로운 변수를 만들어 낸다. 뒤풀이의 장소인 '풍류사랑'에서는 이런저런 세상 속 이야기도, 유행가에서 가곡에까지 이화백의 넥타이를 끊는다는 독일식 연애 이야기도, 다이내믹한 일상생활들이 연출된다. 이것은 문인, 무인, 중인들의 적나라한 삶의 모습이고, 어쩌면 만들어진 인생이 아닌 만들어가는 인생의 모습이다.

적나라한 유전자들의 움직임도 있다. 유전자는 어쩌면 방앗간에서 이리저리 피댓줄에 걸려 돌아가는 기계와 같다. 필요에 따라서 피댓줄을 걸면, 콩을 가는 기계, 불린 쌀을 빻는 기계, 국수를 빼는 기계, 가래떡을 빼는 기계가 돌아간다. 돌아가는 기계들은 많지만 가만히 보면 원동기는 하나여서, 원동기가 꺼지면 모든 기계는 멈추어 선다. 물론 요즈음은 기계마다 모터가 따로 장착되어있는 것이 대부분이지만. 유전자의 움직임은, 원동기를 따라 돌아가는 방앗간의 기계처럼 생명의 원동기를 따라 돌아간다. 마찬가지로, 어느 피댓줄을 걸 것인가는 전적으로 방앗간 주인의 마음인 것처럼, 어느 유전자에 피댓줄을 걸 것인가는 전적으로 나의 마음이다.

그러나 방앗간과는 달리, 유전자의 움직임은 생명의 원동기에 새로운 에너지를 부어 넣는다. 한치의 오차없이 유전하면서, 전해 내려 오고 가는 유전자이지만, 날씨와 시간대에 따라서 돌아가는 유전자가 또 다르다. 시낭송은 세포의 화학적 에너지가 영혼의 에너지로 승화되는 시간이고, 뒷풀이는 그 화학적 에너지가 재생산되며 연소되는 시간이다. 시간이 만들어내는 우리들 움직임의 다양성은 어떤 움직임을 만들어 낼 것인가? 시대와 환경에 따라 변신과 변화에 앞서가다, 이제는 멈추어 선 사람들도 있지만, 인사동 시모임에는 레디메이드 인생 속에서 만들어가는 인생이 있다.

(2003. 8)

제2부
우리는
레디메이드
인생인가?

아인슈타인의
생명과학에
관한 생각

Short plant

Tall plant

우리의 시간대는
-우리는 어느 시간대를 서성거리며 있을까-

달력 위에서 한해가 지워지면, 다시금 새해의 시작이다. 시간은 머무름도 없이 오고 가지만, 산과 들의 나무와 바위처럼 우리의 몸과 마음에는 지나간 세월이 쌓이고, 우리는 그 세월의 위에서 오늘을 산다. 우리의 몸은 시간의 흐름에 따라 포물선 모양으로 발달하여, 정점頂點을 지나면 쇠퇴해지면서 적어도 살아온 세월만큼의 모습을 나타낸다. 그러나 우리의 마음은 지나온 세월만큼의 모양새를 가지지 못한다. 이는 살아오면서 쌓여지고 집적되는 두터운 마음의 층과 풀pool가운데서, 단편적인 마음으로 살아가기 때문이다.

우리가 사는 이 사회는 얼마의 시간대 위에서 움직이고 있는 것일까. 적어도 50년 100년이 아니라, 이 나라의 역사 5,000년의 시간대 위에서 움직인다. 우리가 살아가는 데에는, 긴 시간대를 지나오면서 그 생태生態가 넓고 깊어진 사회, 문화가 빈약한 사회보다는 풍성한 사회가 좋지만 이의 선택은 전적숲的으로 우리들 자신에게 있지 않다.

우리가 살아가는 시간대에서, 어린이들은 지금을 살고, 젊은이는 오늘을 살고, 중년의 신사와 숙녀는 현재와 미래를 생각하며 살며, 노인은 과거와 현재를 생각하며 산다. 과거는 우리에게 아픔과 미소를 주고, 미래는 희망과 용기를 준다. 과거, 현재, 미래의 삼세三世의 시간대는 삶의 지혜와 여유를 제시하지만, 우리는 이러한 시간대의 어느 부분에 집착하며 산다. 지금 우리는 어느 시간대에, 그리고 어느 공간대에서 서성거리며 살아가는 것일까.

세월이 가면서 우리의 몸은 낡아지고 쇠퇴하지만, 마음은 세월이 흐른 만큼 풍성해지고 새로워진다. 여행자는 이 나라의 산하山河와 마을을 찾으면서, 섬의 시인은 동서남해에 널려진 섬들을 찾으면서, 그 외로움과 정겨움의 속에서, 새로운 생명의 공간과 시간을 찾아내어 마음에 엮어간다. 여의도 국회의 녹슨 지붕 위에 매달려 있는 이 나라의 허상虛像들이나, 무거운 금고金庫를 지고 사는 허상들이나, 그들은 어느 시간과 공간대에 엮어져 있을까. 아마도 몇 번이고 지났어야 할 시간대의 줄에 아직도 매달려 있는지 모른다. 살아가는 시간대가 풍부하면, 마음이 여유롭고, 단편적인 현재에만 매달리면 보기에 빈약하다.

부처님은 시간과 공간을 초월한다지만, 우리는 살다가 떠나가고, 또 떠나야 하는 이 세상이다. 그 세상에서 우리가 머무르는 시간은 너무도 짧지만, 그나마 그 세월의 어느 부분 위에서 우리는 오늘을 살아갈까. 지구의 탄생 이래 수없이 살다간 생명체, 우리의 삶과 죽음은 끝없이 나가는 삼세三世의 시간대를 구성하는 순간들인지도 모른다. (2004. 1)

단순과 복잡
-술과 비빔밥의 맛은-

　단순성은 어떤 대상의 내용이나 속성이 더 이상 분해되거나 나누어질 수 없는 상태이고, 복잡성이란 다수의 단순성으로 나누어질 수 있는 상태이다. 그러므로 대체로 사물이나 말과 글이 단순하면 알기 쉽고, 복잡하면 알기 어렵다는 얘기를 한다.

　그러나 세상의 지위가 높은 사람의 말일수록 "예" 혹은 "알아보지요"라는 단순한 말도 그렇다는 것인지 아니라는 것인지, 그 의

미가 복잡하다. 더구나 고승高僧들의 선문답은 단순과 복잡의 극치이다. 단순함도 자세히 보면 복잡하고, 복잡함도 자세히 보면 단순하지만, 사실 단순과 복잡은 그것을 느끼는 주체에 따른 상대적인 경우가 많다. 이는 단순에서 복잡한 결과가, 복잡에서 단순한 결과가 나타날 수 있다는 얘기이다.

얽히고 설킨 복잡한 가시덩굴도 줄기를 따라 가면 하나의 큰 줄기로 이어지고, 양파는 겉에서 속까지 똑같은 껍질이 반복되므로 단순 복잡하다고 할 수 있다. 된장은 삶은 콩과 미생물과 기후가 만들어내는 발효의 조건에 따라 다양한 풍미를 내는데, 그 맛이 성숙하는 과정은 복잡하고, 곡주 또한 쌀과 누룩과 물과 발효 조건에 따라서 나타나는 맛이 복잡하다. 탕약은 천연 약재와 물과 열이 함께 작용하여 새로운 약효를 나타내는 복합적 복잡성을 띠고, 여러 가지 단순한 재료가 어우러진 비빔밥은 복잡 미묘한 맛을 낸다. 이처럼 세상에는 단순한 것도 많고 복잡한 것도 많지만, 그러나 결국은 그 집의 술과 비빔밥과 된장국의 맛이 어떤가 하는 지극히 단순한 문제이다.

단순에서 복잡을 향하여 변천하는 세상이지만, 그 복잡성 속에서도 가마히 과거를 찾아 가보면 단순함이 그대로 남아 있다. 아무리 덮고 가리고 장식을 해도, 본래의 모습은 흔적으로 남아서, 도리어 우리에게 정겨움을 주기도 한다. 하는 일이 다양하게 분화하고 전문화하는 이 사회 속에서, 아무리 세월이 흘러가도 약은 효과로 통하고, 음식과 술은 맛과 향으로 통하듯이, 희로애락을 나타내며 살아가는 내면이 단순한 사회가 좋다.

그러나 우리는 때로는 복잡한 일도 단순하게 하고, 단순한 일도 오히려 복잡하게 한다. 아주 복잡한 내용을 단순하게, 혹은 아주 단순한 내용을 복잡하게 하는 것은 고단수나 할 수 있지 아무나 하는 일은 아니다. 조금 복잡한 일은 오히려 순진한 풋내기가 잘 푸는 법으로, 어설픈 술수는 자칫 일을 망치고, 결국은 혼돈에 빠트린다. 아무리 과정이 얽힌 듯 복잡한 일도 그 내면은 단순하여, 결과와 그 표현형은 단순하다.

세포 안에 위치하는 DNA 유전자의 구조는 복잡하지만, 그 유전자가 나타내는 내용은 단순하다. 세포의 활동인 물질 대사는 복잡하고 긴 단계를 거치지만, 각 단계에는 작용하는 효소 단백질이 있다. 이 효소들은 각각의 유전자에 의해 만들어지는데, 하나의 단백질 효소는 하나의 유전자에서만 만들어진다. 그러므로 복잡한 물질의 대사작용도 각 유전자에서 만들어지는 고유한 효소의 연속적인 활동으로 이루어지는 셈이다. 유전자는 이처럼 극히 간단한 전략으로써 지극히도 복잡한 세포의 생활을 운영한다. (2003. 6)

황학동 고물상의 다양성과 공통성

　　도시의 빌딩이나 아파트에서는 전기가 들어오지 않으면 아무것
도 할 수 없다. 냉난방은 물론이고 물도 식사도 준비되지 않는다.
그러나 시골이나 도시의 옛날 동네에서는 아쉬운 대로 기본 생활
을 해나간다. 자급자족하는 일상적 생활면에서는 시골이 도시에
앞서며, 도시 가운데서도 옛날 동네가 고층 아파트의 새 동네나 번
화가에 앞선다. 살아가는 생명력은 원시적이며 창조적인 다양한

요소를 필요로 하기 때문이다.

　서울 도심의 한구석, 청계천의 끄트머리와 신당동과 상왕십리
사이를 잇는 황학동 중고물 시장에는, 갖가지 중고 물건들이 쌓여
서 손님을 기다린다. 지금까지 이 사회가 만들어낸 거의 모든 종류
의 일상 생활용품들이 골목골목에 놓여져 있다. 구형에서 신식에
이르는 중고 전기제품은 물론, 뻥튀기 기계, 붕어빵 틀, 국화빵 틀,
화로, 놋그릇, 가마솥에까지 없는 것이 없다. 황학동은 적어도 이
시대 100년 동안에 각기 다른 시간과 공간에서 만들어진 갖가지
일상 물건들이 재생되고 재현되는 다양성의 전시장이다. 그러므
로 지금이 백 년 전으로 돌아간다 해도, 황학동에서는 끄떡없이 살
아갈 수 있다.

　자연은 다양성의 세계이다. 지구상에 알려진 생물은 약 200만
종이고, 그 아종은 수천만이며, 생존하는 모든 생물과 무생물의 수
는 삼천 대천세계三千大天世界보다 많겠지만, 길가의 풀 하나, 나무 한
그루, 굴러다니는 돌멩이 하나, 60억의 사람들, 산과 들, 그 어느
하나라도 같은 것이 없다. 이러한 제 각각의 무생물과 생물들이 서
로 어울려 흥망성쇠를 거듭하며 함께 살아가는 것은, 균형과 조화

덕분이고, 자연은 균형과 조화의 방향으로 흘러가기 때문이다.

역사와 지식과 경험이 축적됨에 따라서, 우리 사회는 초월자, 전능자, 특정집단 등, 소수의 힘으로 전체를 리드했던 시대를 거쳐, 이제는 다원화된 힘의 시대이다. 세상의 흐름과 방향을 결정하는 요소가 늘어나고, 문화를 받치는 기둥의 수가 늘어난 것이다. 이른바 전문화와 다양화의 시대이다.

지금 이 나라에는 약 100년의 시간이 공존한다. 문화적으로는 지난 천년간의 변화 이상인지도 모르는 시간이 공존하고 있는 것이다. 이는 서로 다른 문화와 습관에 익숙한 다양한 세대의 사람들이, 한 사회의 공간 속에서 같은 시대를 함께 살아간다는 의미이다. 그래서 말도 많고 탈도 많고, 주장과 의견이 황학동의 중고물품처럼 많은지 모른다. 오랫동안 억눌려왔던 다양한 개성들이 조금씩 표출되는 현상이다.

단순사회였던 지난날에는, 일의 종류가 한정적이고, 그 일도 그리 어렵지가 않아 대부분의 사람은 어느 분야에서든 조금만 배우면 일을 할 수가 있었다. 일상적인 집안 손질, 수도, 전기, 도배, 페

인트칠 등은 남의 손을 빌지 않고 해낼 수가 있었다. 그러나 지금은 어느 일에나 숙련과 전문성이 요구되고, 대부분의 시간을 그 일에 쏟아야 하므로 쉴 틈조차 없다. 집안의 전등 하나 바꾸는 일도 동네의 전파상에 부탁하고, 도배나 칠은 지물포나 페인트 점에, 혹은 인테리어 점에 맡기는 형편이다. 그러고 보면 사회의 다양화와 전문화는, 한 사람이 가질 수 있는 다양성과 일반성을 퇴화시키는지도 모른다. 도시에 사는 사람은 생산보다 소비에 익숙해지고, 또한 물질적 풍요 위에서 다른 사람과의 경쟁에 대부분의 능력과 시간을 소비해야 하므로, 자연 속에서 살아가는 능력의 다양성은 줄어든다. 고도로 분화하고 전문화하는 이 나라의 다양성 속에서, 사람 내면의 다양성은 오히려 단순해지고 있는 것이다.

지구상에서 흩어져 살아가는 생물의 공통성은 무엇일까?

많은 공통점이 있겠지만, 그 하나는, 먹이가 있는 곳을 따라 이동하는 것이다. 이는 에너지의 획득을 향하는 이기성利己性으로, 탐貪, 진瞋, 치痴, 삼독三毒 이전의 생물의 모습인지도 모른다. 둘은, 들녘의 풀과 꽃, 그리고 이름도 모르는 잡종 강아지를 하나로 잇는 DNA 유전자이다. 생물은 세포와 생명의 기본 코드인 DNA 하나로 통한다.

셋은 애정이다. 산천은 물로 통하듯이, 모든 생명체는 애정으로 통한다. 어린 생명이든 성숙한 생명이든, 종을 넘어서 생명을 하나로 잇는 애정은 지구의 생물을 감동시키는 공통의 코드인 것이다.

(2003. 6)

한 줄로 세우기는

우리가 살아가는 자연의 생태계는 풀, 나무, 숲, 들짐승 등과 한 여름밤의 하루살이, 모기, 날파리 등의 곤충과, 강과 바다 위를 튀어 오르는 물고기와 땅속의 미생물 등등, 다양한 생명체로 이루어져 있다. 인류의 역사 이래 나타났던 모든 생명체는 각기 다른 모습이고, 지금 60억 인구도 모두가 다른 모습이다. 이는 그 DNA 정보가 다르고 나타나는 표현형이 다르기 때문이다. 장미, 목단,

채송화, 봉숭아, 어느 꽃이 좋은지는 이를 보는 사람의 마음이지만, 이러한 꽃의 설계도인 DNA에서 미추美醜를 느낄 수 없듯이, 본래는 예쁘고 미운 것이, 좋고 나쁜 것이 따로 없는지도 모른다.

지난 1970년대 초까지만 해도 우리는 단순하게 통하는 사회였다. 서울역의 타는 곳은 부산 방면의 경부선과 광주, 목포 방면의 호남선으로 단순하였고, 시외버스 정류장에는 타는 곳이 한 군데여서, 버스의 행선지를 표시하는 이동식 팻말을 사용하여 그 효용을 극대화하였다. 지금도 서울역이나 고속버스터미널에서 타는 곳이 하나뿐이라면 어떻게 될까?

한편, 역전이나 시외버스 정류장 부근에 있는 한식당은 대부분이 광역 메뉴의 만물식당이다. 없는 요리가 없고 안 되는 요리가 없다. 만물식당의 다양한 식단은 한끼를 때우고 가야하는 여러 성향의 손님에 대한 배려인지도 모른다. 그러나 이제는 한끼 식사도 즐기는 성향이라, 만물식당은 전문식당으로 바뀌고, 간혹 남아있는 만물식당이 오히려 정겹다.

물건이 흔치 않던 시대에는 물건이 가치의 기준이 되고, 물건에 따라 값이 정해지므로, 귀한 것은 비싸고 흔한 것은 값이 싸다. 그러나 싸면 싼 대로 비싸면 비싼 대로 용도가 있다. 경제적 지수성장기의 혼돈시기였던 1970~80년대에는 값이 싼 음식은 먹을 수가 없고, 값이 싼 물건은 쓸 수가 없어, 비싸야 좋은 음식이고 좋은 물건이었다. 2000년대인 지금도 이러한 습성이 남아 비싸야 좋은 줄로 안다.

얼마 전 외국에서 체류할 때, 가끔 빵을 먹는 한 친구에게 주식이 뭐냐고 물었더니, 찐 옥수수, 삶은 감자, 국수, 빵, 과자, 야채, 과일, 모두가 주식인데 한국사람은 왜 밥만 먹느냐고 되묻는다. 그 외국 친구가 보는 한국인은 대부분 1960~70년대에 이민 갔던 사람들인데, 그들에겐 여전히 밥이 주식이고, 생활 습성이며, 고국에 대한 향수인 것이다. 그러나 이제 이 나라에도 쌀이 남아돈다. 부엌 어느 한구석에 남아있을 커다란 옛날 밥그릇을 보면 알겠지만, 쌀의 생산량이 는 탓보다도 쌀을 많이 먹지 않기 때문이고, 다른 먹을거리가 많아진 탓이다.

중국집의 제일 싼 음식이 자장면이지만, 자장면은 누구나 좋아하고 즐겨 먹는다. 자장면에 들어가는 양파를 크기 순으로 나열하는 것은 칼을 든 주방장의 마음이지만, 양파와 물오징어와 홍합 등을 크기 순으로 나열하는 것은 짬뽕을 만들려는 뜻인지, 혹은 다른 무엇을 하려는 뜻인지는 모른다.

　단순한 사회에서는 모든 것이 한 줄로, 앞에서부터 순번대로 한다. 이것은 어쩌면 공정한 기준인지도 모른다. 그러나 개성도 특성도 분별없이 모두가 한 데 섞여있을 때는 눈에 띄어야 한다. 학연, 지연, 인연, 금력, 권력 등 세상을 움직이는 것은 힘으로, 그 힘을 따라 모이고 흩어지고, 한 줄로 서는 선택의 기준은 민첩성과 순발력, 그리고 눈치이다.

　2000년이 넘은 이 시대까지, 올라서는 길은 하나, 대학가는 길도 하나이다. 한 줄로 서서, 앞에서부터 순번대로 간다. 물론, 검정고시라는 능력 위주의 길도 있는 것이 천만다행이지만, 여전히 한 사람이 모든 것을 잘해야 한다. 그래서 초등학교 때부터 똑같은 시험지로 일등에서 꼴등까지 등수를 매기고, 대학입시 수능시험에서는 일등에서 수십만 등까지 등급을 매긴다. 특성이 다른 사람들이 선택의 여지없이 같은 시험지로 나누어지는 등수의 나열은 무슨 의미일까?
　대학입시 수능시험은 일생을 결정한다. 우리의 일생은 그만큼 단순하다는 얘기이다.

며칠 전 뉴스에서 대입수능과목을 학생이 선택한다는 얘기가 나왔다. 자세한 얘기는 나중에 나오겠지만 이는 개인의 특성이 중요하다는 얘기이다. 늦은 감이지만 가야 할 길로 가겠다는 뜻이다.

돌고 도는 인생이라지만, 단순에서 복잡으로 가고 다시 단순으로 돌아온 것은, 지난날의 모습 그대로인 듯하지만, 이미 그 내면은 복잡하다.

돌은 용도에 따라 작은 돌, 중간 돌, 큰 돌, 조약돌, 공깃돌 등으로 다양하게 나누어진다.

그런데 이 사회의 회사원, 교사, 기술자, 변호사, 판검사, 세무사, 의사, 교수, 사업가 등은 한줄서기로 선택된 직업이다. 앞 순번의 결정 다음에 남는 자리가 다음 순번의 몫, 앞서지 않으면 원하는 몫은 오지 않는다. 일등 이외에는 모두에게 쓴 잔이다.

우리는 여전히 한줄서기에 동참하고 있으나, 여기에 참여하지 않거나 뒤에 섰던 사람들이 만들어주는 자장면을 먹고, 옷을 입고, 아파트에 살며, 그들이 만들어 주는 자동차를 타고 다닌다. 우리 십 골목에는 쌀집, 기름집, 이발소 등등 없는 깃이 없지만 이느 하나도 필요 없는 것이 없다. 어느 것이 좋은지는 비교가 될지 모르지만, 돈 잘 버는 것이 좋을 거라는 얘기다.

바둑 9단과 장기 9단이 칼싸움으로 승부를 가릴 수 없듯이, 기차역과 버스터미널에서도 가는 곳을 따라 타고 내리는 곳이 다르듯이, 모든 것이 하나로 되는 시대는 아니다. 아직도 한 줄이 세우기에 편하다고 생각할지 모르지만, 이제는 복잡한 한줄서기, 한줄 세우기는 그만하자. (2003. 7)

오늘 얻은 것과 잃은 것은

-전통과 유행-

반복적인 생각이나 행위의 양식은 개인에게는 습관이나 습성이고, 사회에서는 관습이며, 여기에 가치와 역사가 더해지면 전통이다.

요즈음 같이 더워지는 날씨에는 냉면이 좋다. 차고 질긴 면발과 면 위에 놓아주는 쫄깃한 홍어회의 매운맛을 뜨거운 육수로 입을 달래가며 먹는 맛, 혹은 이가 시리도록 차가운 냉면 육수를 그릇째

들이마시는 맛은, 여름의 더위를 가시는 시원한 맛이다. 또한 겨울에는 덜덜 떨며 동치미 국을 마시면서 면발을 이로 끊는 맛이란 냉면만이 지닌 독특한 맛이다. 서울 곳곳에 걸려있는 '함흥냉면'이나 '평양냉면'이라는 간판은 전통 있는 냉면집의 대명사로, 그 간판을 보면 틀림없이 냉면 전문점인 줄 안다. 반면에 아무리 '냉면 전문점'이라는 큰 간판을 새로 내건다 해도, 선뜻 그렇게 생각하는 사람은 드물다.

전통은 긴 세월 동안 생활과 어울려 친숙해지고 선택되고 발전하면서, 동일한 문화 공간 안에 살아가는 사람들의 가치관 속에 살아있는 것으로, 같은 문화 속에 사는 사람에겐 부연해서 그 내용을 설명할 필요도 없다. 전통은 오랜 생활을 통해 이루어지며 급히 만들어지지 않는다. 전통은 시간이 지남에 따라 도태되거나 퇴화되는 것이 아니라, 시간이 지남에 따라 검증되고 가감되어 유지되면서 연력이 붙는 것이다. 물론, 그러한 연력이 붙을 때까지 대부분은 시간흐름의 와중에서 사라지고 만다. 전통은 가치와 시간의 면에서는 가치의 영속성인 것이다. 좋든 나쁘든 살아남은 것은 존재의 가치가 있는 것일까? 어쨌든 전통은 살아남은 가치를 지닌다.

그때가 지나면 흘러가 버리고, 기억 속에서조차 지워져 버리는 것이 대부분이지만, 그래도 한때는 전성기를 누리는 것이 유행이다. 때가 지나면 사라져 버리는, 말 그대로 유행流行인 것이다. 유행은 한때의 즐거움이며, 길가는 나그네가 하룻밤 여흥에 주저앉듯이, 정작 가야 하는 길을 잊게 만든다. 세월 따라 유행 따라 하는 일이 많고, 남 따라서 모두를 따라서 하는 일도 흔하다. 이는 전체를 따르게 되어 있는 생물 개체의 적응 방법으로 이해하지만, 유행은 때로는 허망한 뜬구름이다. 그렇지만, 유행은 우리의 일상생활을 윤택하게 해주고, 삶을 풍요하게 해주며, 때로는 서로의 공통성을 확인하는 표현의 장이다. 간혹은 유행에도 젖어볼 일이다.

한때는 장발과 미니스커트가 유행했던 적이 있었다. 장발은 젊은 남자의 이유 있는 항변이었고, 미니스커트는 젊은 여자의 밝고 명랑한 모습이었다. 근래에는 머리카락과 몸에 물들이기, 신체부위에 장신구 매달기 등이 유행인 듯하다. 사실, 눈에 띄는 것은 살아남는 조건이 되기도 하고, 그 반대가 되기도 한다. 첨단의 유행에 서려면 시대 변화의 첨단을 느끼고 표현해야 한다. 그렇지 않으면 차라리 잊혀졌던 유행을 따를 일이다. 장롱 깊숙이 들어있는 옷을 꺼내 입든가, 낡은 모자를 쓰고 거리를 나서는 편이 나을지 모른다. 이는 복고풍의 유행으로, 유행은 돌고 도는 대중의 표현 양식이기 때문이다.

그러나 유행도 좋지만 자국 없이 제자리로 돌아올 수 있어야 한다. 유행은 떠나가고 그 뒤에 자국만 남는 것은 버스 떠난 뒤에 먼지 뒤집어쓰고 서있는 꼴이나, 담장 위의 장닭과 그 밑에 선 강아지의 모양새일 것이다.

지난 급속 성장 시대에 유행하던 빨리빨리의 자국은, 지금도 우리의 습성에 남아있다. 언제부터 빨리빨리의 습성이 있었는지는 모르지만, 역사적으로 잦은 외침의 시달림에도 원인이 있는가 싶다. 지난 1970년대에는 가난으로부터 벗어나려는 모두의 의지가, 일사불란과 시간이 생명인 군사문화와 잘 어울려, 단기간에 급속 성장을 이룩하였다. 그 후 "세월은 가도 옛날은 남는 것"이라고 했던가, 그 열정적인 빨리빨리의 습성은 지금도 곳곳에서 맥을 잇고 있다. 고층 빌딩의 공사장에도, 지하철 공사장에도, 문화의 거리 단장 공사장에도, 어김없이 걸어 지나갈 수 있는 길은 없어, 작업 기계 밑으로 혹은 차도 한 편으로 얼른 뛰어서 가야 한다. 어제와 오늘이 다르게, 변화가 빠른 이 나라, 언제까지 우리는 겉으로 변화하는 이 거리에 서야 하는가.

전문성과 다양성과 조화의 이 시대에, 전문성도, 개성도, 연구도, 사랑도, 문화도 빨리빨리 만들기, 그래서 동방예의지국이 세계 이혼율 2위에 올라섰다. 기본적인 욕망의 다음은 그 다음의 욕망을 요구하고, 끝이 없는 욕망의 질주는 제자리로 돌아오는 길마저 잃어버린다.

　그러나 욕망은 유행과 같은 생명의 에너지로서, 욕망이 없으면 움직임이 느려지는 모순도 있다.

　지금도 '얻은 것은 무엇인가, 잃은 것은 무엇인가' 라고 유행가는 흐른다. 유행이야 인위적으로 만들어지지만, 전통도 그렇게 만들어질까? 산과 들, 야생의 동물에게는 습성이 있어, 좋은 습성은 생명을 유지하고, 나쁜 습성은 주위상황과 일치하면 일순간에 목숨을 날려버린다. 환경은 시시각각으로 변화하여서, 습성이나 타성적인 대응과 움직임은 때로 생명의 상실을 가져오기 때문이다.

　생명체의 DNA 유전자는 아침과 저녁으로 늘 새롭게 움직임이 변화하지만, 변치 않는 고유성과 그 특성으로 움직인다. 영속을 지향하는 생명의 현상에서, 전통과 유행을 생각해 본다. (2003. 6)

드라마는 끝나도

- '전원일기'와 '전국노래자랑' -

이십여 년을 이어오던 MBC 농촌생활 드라마 '전원일기'가 막을 내린 지 몇 달이 지난다. 단군시대 이래 4,300년 동안 이 나라의 기반 산업이었던 농업이 이제 시대의 변화를 따라 막을 내리는 것이다.

1970년대 초까지만 해도 이 나라는 농업으로 살아가는 가난한 나라였고, 경지면적이 573,000만 평(191만ha), 농가구당 농지 소유면적이 4,000평 미만으로(1999년 통계), 4천만 인구 한 사람에게 농경지 약 143평 정도가 돌아가는 셈인데, 이것으로 부를 누리기는 어려운 일이다.

녹색혁명을 가져왔던 농업의 과학화는 환경생명공학, 응용생명공학, 바이오테크놀로지BT로 이어지고, 이 나라의 간판 업종은 텔레비전, 냉방기, 비디오, 컴퓨터, 자동차, 대형선박 등의 전기전자와 기계, 조선업으로 바뀌었다. 모두가 고도의 기술과 정제된 노동력을 필요로 하는 업종이다. 실 시간적 정보의 전달로 시간적으로, 공간적으로 가까워진 지구촌 시대에서, 각 나라의 특성 살리기와 강대국의 경쟁력 논리에 밀려, 생활의 기본이고 산업의 기반이던 이 나라의 농업은, 이제 그 활동적 역량을 잠재적 역량으로 전환하고 있는 것이다.

'전원일기'와 함께 비슷한 시기에 시작한 KBS '전국노래자랑'은 매주 일요일 정오에 시작하는 현장 노래자랑 방송이다. 옛날 유행했던 음악 콩쿠르 대회를 그 배경으로 하는 이 프로그램은, 전국 각지 어촌, 산촌, 농촌, 소도시, 대도시 안 가는 곳이 없다. 우리는 일요일 낮 시간을 집에서 앉아, 이 나라의 방방곡곡, 살아가는 사람들의 모습과 풍물을 보면서 배운다. 1980년 이래로 일주일에 한

번씩, 스물네 해를 다녔어도, 그래도 아직 가지 않은 곳이 있고 보면 이 나라도 넓은 모양이다.

드라마는 정제되고 각색된 과거이고, 현실은 움직이는 지금이다. 물론 '전국노래자랑' 은 녹화 방송이지만 실제 살아서 움직이는 삶의 모습으로, 이 무대 위에서 부르는 노래와 춤은 있는 그대로의 원초적인 표현이다. 나오는 사람들의 나이도, 살아가는 모습도, 터전도 다양하지만, 그 앞에 앉아있는 관중이나 집에서 텔레비전 앞에 앉아있는 사람이나, 모두가 노래와 춤의 공통분모 위에서 움직이는 분자이다. 텔레비전을 보는 사람에게는, 객석과 무대가 따로 없이 화면 전체가 움직이는 무대이다. 이를 다른 분모나 다른 코드에서 접근해서 보면, 비평의 잣대를 댈 수도 있겠지만, 오늘을 살아가는 사람들의 원초적인 코드에서 울려나오는 다양한 소리와 움직임의 표현 양상을, 그 어떤 잣대로 무엇을 재겠는가.

'전국노래자랑' 의 원초적인 현실의 모습은 분화하기 이전의 생명의 모습이며, 지역의 특성과 출연자의 개성을 모두 하나로 꿰뚫어 엮어가는, 이 나라 사람들의 살아가는 모습 하나로 통한다. 4,300년 동안 이 땅에서 살아온 사람들의 다양한 표현들이 펼쳐

지지만, 노련한 송해 선생 한 사람의 사회자로 통한다. 노사판, 정치판, 장사판, 어떤 판도 이 무대 위에서는 삶으로 통하는 것이다. 규칙과 심사원과 시상식이 있고, 최우수상, 우수상, 인기상, 장려상, 특별상, 무슨 상이 그리도 많지만, 기준은 노래의 악보 위에서 펼쳐지는 개성과, 춤추는 객석의 즐거움, 모두가 알고 있는 공통의 기준이다. 승자와 패자가 따로 없는 모두가 이기는 한마당 놀이 무대이다.

수많은 드라마가 지나가고, 다시금 수많은 드라마가 시작하고 끝이 나지만, 살아 움직이는 현실의 무대인 '전국노래자랑'은 지금도 계속된다. 컴퓨터와 인터넷 사이버 세계가 등장한 이 시대의 무대에서, 현실의 원초적 표현의 무대가 얼마나 더 지속할지 모르지만, 우리들의 기억 속에, 지난날의 정감과 추억이 남아 있는 한, 농촌, 산촌, 어촌, 그리고 그 사람들이 나와서 모여 사는 도시 어디에든지, 가난했던 이 나라의 후손으로서 꿈틀거리는 공통의 분모가 남아 있는 한, 감동의 전국노래자랑은 이어질 것이다. (2003. 7)

뮤턴트(Mutant)와 복권
-허망의 복권 게임-

　얼마 전 매일같이 증폭되어 터질 듯 오르던 복권에 대한 관심이 조금은 사그라지는 추세이다. 일확천금, 인생역전이라는 확률게임에 온 마음과 몸을 던지는 것은, 복권의 매력과 약소한 개인의 군중 심리에서 일어나는 유행이다. 우리가 지금 하고 싶어 하는 것은 무엇일까? 돈이 없으면 못하고 돈이 있으면 할 수 있는 일일까? 물론 현대는 물물교환시대가 아니고 돈이 경제의 기본적 수단이니, 돈이 있어야 생활을 할 수가 있고, 돈이 있어야 선택할 수 있는 일이 많다. 내가 할 수 있는 일이 돈이 있어야 하는 일이라면, 나는 우선 그 일을 하기 위해서 많은 시간과 노력을 돈을 버는 데 소모해야 한다. 그래서 내가 하고 싶은 일이 돈이 없어도 할 수 있는 일이면 더욱 좋다.

세상 사람 대부분이 돈을 벌려고 애써서 노력하고 경쟁하지만, 그 돈은 그리 쉽게 벌어지는 것이 아닌가 보다. 세상에 돈 벌었다는 사람이 많지 않고, 돈을 벌었다 하더라도 그때는 이미 때가 지나서, 그 일에 돈을 쓸 수 있는 때가 아닐지도 모른다. 그러므로 지금 단번에 일확천금을 꿈꾸면서, 인생역전의 허망 복권에 마음이 쏠리는 것은 당연한 일인지도 모른다.

세포 생명체는 25억 년을 끊임도 없이 이어져 오고, 산과 들에는 사계절을 따라 어김없이 풀과 꽃이 나고 지고 하지만, 그 풀과 꽃은 이미 지난해의 것들이 아니다. 생명체는 변함없이 존재하지만, 그 구성원은 항상 변화해 가는 것이다. 지구환경의 변화는, 때로는 생명체에 극복하여야 할 어려운 조건이어서, 영속을 향하는 생명체의 DNA에서는 항상 변이가 일어난다. 이러한 변이는 변화하는 환경에 대한 생명체의 대응 방식으로, 환경의 급격한 변화에도 절멸하지 않고 살아남을 수 있는 것은, 이러한 DNA 유전자의 준비된 변이 때문이다.

생명공학에서는 유전자의 돌연변이를 실험실에서 유도하여, 유전자의 변이세포인 뮤턴트mutant를 만든다. 그러나 목적으로 하는 새로운 변이세포를 만드는 일은, 수백만 분의 일, 혹은 수억만 분의 일의 가능성 위에서 진행되는 확률적인 일이다. 그러므로 새로운 뮤턴트를 만들 때에는, 한꺼번에 수백만(10의 6승) 혹은 수억(10의 8승)의 세포에 자외선이나 변이약제를 처리하여, DNA의 돌연변이를 일으키고 그 중에서 유전자가 변이된 세포를 선택하는 기술을 사용한다. 수백만, 수억만 분의 일의 가능성을 단 한 번에 실현할 수 있는 기술이지만, 그 가운데서 한 세포가 뮤턴트 변이주로 만들어져 선택될 수 있는 당첨의 가능성은 수백만, 혹은 수억만 분의 일의 확률이다.

복권은 누군가는 당첨이 되지만, 누가 되는가 하는 것은 확률의 게임이다. 뮤턴트 만들기가 수회의 실험으로 성공할 수 있는 구조 위에서 진행되듯이, 복권의 주관자도 허망의 도전자들이 있는 한, 확률적인 당첨자를 만들어 내면서 이기는 게임을 진행한다. 그 확률적 당첨자가 혹시 내가 아닐까? 하는 것은 뮤턴트의 선택 가능성과 같다.

　사실 자연 조건에서, 변이 뮤턴트는 불안정한 환경의 변화 속에서 나타나며, 안정적인 조건에서는 유전자의 변이나 뮤턴트의 출현은 거의 일어나지 않는다. 혹독한 환경에서 발생하는 DNA의 돌연 변이주인 뮤턴트는 생명체의 살아남기 전략이지만, 복권은 허망에의 도전인지도 모른다. 복권 당첨의 뮤턴트가 되어야 할 필요가 없는 환경조건은 없는 것일까? 그래도 한번, 허망의 복권 게임에 이 몸을 던져 볼까? (2003. 3)

비 맞는 장군님과 아메리카 인디언 보호지역

-대구 유니버시아드 대회에서-

　　인류 역사 6,000년 이래 헤아릴 수도 없이 수많은 나라들이 일어서고 무너지고, 그리고 다시 세워지지만, 민족은 민족으로 살아간다. 나라의 이름은 바뀌어도 그 땅의 사람은 그대로이고, 울타리가 바뀌어도 그 사람들이 그대로 살아가는 것은, 환경의 변화에 따른 오히려 공정한 힘의 변천이다. 고조선, 고구려, 백제, 신라, 고려, 조선, 이름이 바뀌어도 같은 땅이고, 그 사람은 그 사람으로,

이 사람은 이 사람으로 지금도 그렇게 살아간다.

　힘에 의한 지배는 지난날의 정치방식으로, 지금도 그런 대로 유지되고 있지만, 사람들의 삶 그 자체는, 때로는 압박과 말살의 야만적 무력시위 속에서도 지속하여 왔다. 생명의 유지력은 보이지 않는 자연의 법이고, DNA의 법이다. 현실은 힘의 우세에 따라 움직이면서, 원주민이 새로운 이주민에게 밀려온 역사이고, 이주문화가 토착문화를 누르고 우위를 점령한 역사이다. 땅속의 미생물은 조건에 따라서 그 번식이 성하고 쇠하지만, 인간의 위대성은 함께 오고 가는 인간애人間愛와 순수성에 있다.

　대구에서 개최된 유니버시아드 대회에서 우리들을 깜짝 놀라게 한 일이 있다. 북한의 미녀 응원단이 비에 젖고 있는 장군님의 사진을 보고서 울음을 터뜨린 일이다. 자신들의 가슴에 담고 사는 소중한 이미지의 상像이 늦여름의 빗속에 서있음을 가슴 아프게 여기는 것은, 어쩌면 누구나가 가지는 순수한 마음인지도 모르지만, 현대 문명이 번성하고 경제가 발전한 나라의 사람에게는 이상하게 비쳐지는 모습이다.

　그러나 불과 공안公安의 서슬이 시퍼렇던 그 시절, 영부인 육영수 여사가 돌아가신 때에 이 나라 백성들은 국모의 승하를 그리도

슬퍼하였고, 어린 학생들은 줄을 서 따라 울었다. 국화꽃 상여차와 커다란 영정은 서러운 백성들의 손길과 손길 속에, 붙잡히고 매달리고, 온통 눈물과 통곡의 속이었다. 한 조각의 붉은 마음, 임 향한 일편단심이야 변할 수가 있으랴, 지금도 우리들의 기억 속에 그 순수는 남아서 살아있다. 순수성은 우리들 가슴의 OS, 기본 작동 시스템인지도 모른다.

경제의 발전은 우리 생활을 풍요하게 해주지만 사람을 변화시킨다. 이익利益은 교묘하게 사람을 변하게 만드는 것이다. 이익을 얻을 수 있다면 보이지 않는 마음쯤이야, 얼마든지, 일편단심이 아니라, 골백번, 골천번이라도 바꾼다. 바뀔 것이 바뀌어야 하지만, 아무래도 경제성 앞에서는 그렇지가 않은가 보다. 생존의 전략으로 유전자의 변이가 일어나듯이, 혹독한 생의 조건에서 생명체는 끈질기게 살아남는다. 이는 생을 지향하는 유전자의 고유한 능력이다. 변이는 생을 지향하고 생명을 유지하는 흐름이지만, 경제의 무한 증식은 결국, 사람과 환경과 지구를 소모하는 방향으로의 흐름이다. 무엇을 위한 경제인가? 인류의 파멸은 없다고, 항상 극복되어 왔다고 하지만, 그 끈질긴 생명의 역사 속에서 거대한 공룡의 시대도 일순一瞬에 사라졌다.

비에 젖는 사진에 눈물을 흘리면서 가슴 아파하는 그들이 사는 환경은, 차라리 그대로가 순방향順方向이다. 다른 하나의 청정사회로, 북아메리카에는 인디언 보호지역이 있다. 초기 이주민들에게 밀려났던 원주민족, 아메리카 인디언족, 슬픈 역사이지만 대부분의 원주민은 새로운 이주민에게 동화되고, 한편 소수의 그들은 남아서 그들의 생활을 유지하며 살아간다. 비에 젖은 사진에 눈물 흘리는 그 응원단 아가씨들은 이 나라의 보호지역일지도 모른다. 배금주의가 물결치는 세상, 그 속에도 인디언 보호지역이 있듯이, 그들은 먼 훗날 또 다른 그들을 보호하며 이어가는 북아메리카의 잠재력일지 모른다. 친환경적 사회를 지향하는 지금, 인디언 보호지역은 미래의 최선단지역인 것이다. 끝과 시작이 따로 없이 하나로 이어지는 태극의 원리, 최선단과 최말단은 서로 통하는 것인가.

　지금은 원자력을 이용하는 전기에너지 시대, 전기가 없는 현대생활은 없고 현대 문화도 없다. 반핵 시위가 연일 계속되지만, 핵에너지가 없는 현재와 미래의 생활은 아직 생각할 수가 없다. 전깃불을 끌 것인가? 무엇인가 사용하면 반드시 그 찌꺼기가 남는데, 흔적도 없이 사라지는 에너지는 없는 것일까? 사용하는 것은 좋지만 그 찌꺼기의 처리는 싫다고 한다.

도시주변과 마을주변, 그리고 온 산을 뒤덮는 묘지도, 이제 그 한계에 이르렀다. 돌아가신 분을 존경하는 마음이야, 우리의 소중한 문화유산으로 아름답게 전해져야 하지만, 이제 묘지는 더 들어설 자리가 없다. 자연히 화장 문화가 성해지고 있지만, 그 장묘 처리장이 내가 사는 주위에 생기는 것은 절대 반대이다.

　그러면 어쩌란 말인가? 밥은 먹어야 하지만, 농사는 싫고 설거지가 싫다면, 현대판 약육강식이고 현대판 계급 문화인가? 누군가 그 싫은 일을 해야 하지만, 결국에는 힘없는 사람에게 돌아가고 마는가.

　사실 우리가 싫은 것은 싫은 것이지만, 가만히 생각하면, 우리의 생각이 싫은 것인지도 모른다. 똥오줌이 더럽다고 하지만, 실은 우리들의 몸속에 있을 때는 괜찮고, 밖으로 나오면 더러워지는 것이다. 소똥, 말똥, 닭똥은 좋은 비료이고, 이를 시용施用한 유기농산물은 비싸게 팔린다. 갓난아기의 오줌은 약으로도 마시지 않는가.

　비에 젖는 사진에 대한 애달픔, 지폐와 힘의 쓰레기가 뒤섞인 핵처리물 폐기장 설치 반대 시위, 그리고 아메리카 인디언 보호지역은 어떤 상관관계가 있을까? 순수의 다양성이 필요하다. 순수의 다양성은 함께 살아가는 풍요한 현재와 미래의 생활이기 때문이다.

(2003. 9)

너무 앞서 나가는 우리
-시대의 변화에 서서-

    가까운 미래에, 유전공학, 생명공학의 기술은 유전자 도서관gene library에서 필요한 유전자를 선택하여, 비타민이 증가된 고기, 칼슘이 첨가된 과일, 고단백의 영양 쌀 등, 부족한 영양성분이나 필요한 성분을 갖춘 고품질의 식량자원을 대량 생산하고, 한편 공해물질을 분해하는 미생물, 향기와 산소를 내뿜는 꽃나무 등으로 쾌적한 자연환경을 제공하며, 또한 유전자 검사에 의한 질병의 진단과

예방 등으로, 우리의 생활에서 현실적 유토피아를 실현할 수 있을지도 모른다. 잘 정돈된 사회구조와 깨끗한 자연환경 속에서, 건강하고 즐거운 생활을 영위해 가는데 생명공학은 더욱 중요한 역할을 하게 될 것이다.

수많은 예측과 상상 속에서 제시되는 불확실한 미래에 대해서도, 우리는 이렇듯 희망과 기대를 가지고 오늘을 살아가지만, 그 희망과 기대의 실현은 시간과 과정을 필요로 한다. 생각만으로는 미래의 희망을 오늘에 적용시킬 수가 없기 때문이다.

역사상의 위대한 인물들은 당시를 지나, 먼 후세에야 비로소 가치를 인정받아 위인으로서의 대우를 받는다. 당시에 그들의 사상은 현실이 나아갈 방향과 다가올 미래를 예측하는 앞선 표현이므로, 그 현실에서는 당장 이해되어 받아들여지지 않기 때문이다. 때로는 너무 앞서 나가면, 광인으로 취급하기도 하고, 성급한 사람들은 그 미래를 지금 당장 실현하여 눈앞에 보이라고 요구하며, 욕설과 지탄을 퍼붓기도 한다.

비디오테이프는 앞으로도 돌리고 뒤로도 돌려가며, 보고 싶은 영상만을 선택할 수 있지만, 현실은 그렇지가 않다. 연극을 관람하면서 좋은 장면만을 선택하거나 생략하거나, 그 진행을 빠르게 요구할 수 없는 것과 같다. 시끄러운 공연장에서는 배우가 서두르게 되고, 전체의 흐름이나 모양새가 흐트러져 훌륭한 연극이 될 수가 없다. 좋은 연극은 관객과 배우가 함께 연출하기 때문이다.

지금 우리 사회는 엄청난 사회적, 문화적 변화를 겪고 있으며, 신문지상에는 매일 다양한 주장과 논설이 실린다. 실로 짧게는 50년, 길게는 100년 만에 나타나는 시대적 변화와 진화의 물결에 대한 반응과 대응이다. 그러나 지금은 우리 앞에서 펼쳐지고 다가오는 변화를 기다리는 미덕美德이 필요하다. 지난날의 우리의 모습들을 돌이켜 생각해보면서, 조용히 기다려야 할 때이다.

꽃씨에서 꽃을 구할 수 없고, 엄동설한을 갓 지난 봄의 나무에서 열매를 구할 수는 없다. 개구리의 알은 올챙이의 과정을 거쳐서 개구리가 되듯이, 진화의 시간은 단축되지만 과정은 반복되는 것이 생물의 법칙이다. 생물체의 게놈 DNA에서 일어나는 돌연변이는, 때로는 생태계의 시간과 공간을 뛰어넘는 변화를 가져오지만, 자연환경에서의 DNA의 돌연변이는 견딜 수 없는 환경의 변화에 대한 생명체의 살아남기 전략이다. 그러나 그 돌연변이의 결과에 대한 진화와 도태의 선택은, 여전히 자연환경에 있다. (2003. 2)

북아메리카의 바람
-미풍과 열풍과 추풍-

　이 나라에는 이천여 년 전에는 전한前漢의 바람이 불었고, 칠백여 년 전에는 칭기즈칸의 몽골 바람이 세차게 불었다. 한풍漢風, 몽골풍蒙古風 이후, 이 시대에는 태평양 바다 건너, 북아메리카의 바람이 미풍美風과 열풍熱風으로 이 나라에 불어왔다. 록, 재즈, 팝송, 청바지, 장발, 밀가루, 햄버거, 켄터키치킨, 피자, 기독교, 자유 등의 이름이 온 나라를 휩쓸었고, 이미 우리 생활 속에 한 부분이 되었다.

미풍美風과 열풍熱風이 지나간 다음은 이제 추풍醜風, 그리고 동풍凍風인가? 이렇게 생각하는 것은 중위도 너머 북반구의 사계절의 기후는, 그 속에 사는 생물의 세계와 우리들의 사회에도 그대로 적용되기 때문이다. 춘하추동春夏秋冬, 흥망성쇠興亡盛衰, 움직이는 것은 고정적일 수가 없어, 흥망성쇠의 순환의 길을 따라가면서 회자정리會者定離의 서글픔을 주기도 하고, 한편으로는 균형과 조화의 평형을 이룬다. 이제 한류풍韓流風이 중국과 몽골로, 또한 북아메리카로 불어가서 역사는 순환된다지만, 그러나 이러한 평온함을 가지기에 우리 인생은 너무 짧은 듯하다.

북아메리카 대륙은 사계절이 공존하면서, 항상 꽃이 피고지고, 시작과 끝이 이어져서 순환하는 하나의 생태계이다. 추위와 더위와 따뜻함과 서늘함이 있고, 자연의 풍요와 평등과 자유가 있는 땅인 것이다. 사실 풍요롭지 않은 상태에서의 자유는 부자유이고 불평등이며, 약육강식의 원시사회이다. 풍요가 있기에 자유는 진정 자유일 수 있고, 평등일 수 있는 것이다. 그러나 물질적 풍요는 유한하여, 그 풍요를 유지하기 위해서는 다른 곳의 풍요를 가져와야 한다. 그래서 의식의 습성으로 현실은 강해지는 것인가. 유한의 세계에서 한곳의 풍요와 자유는 또 다른 곳의 빈곤과 부자유를 부르는 것이다.

　휴스턴의 어느 한인교회韓人敎會에는 항상 평등과 자유와 함께 절제가 있기에, 그 평등과 자유가 그대로 유지된다. 한 서른 명이 예배를 드리는 그 교회는 경제적으로 넉넉한 형편일 수 없지만, 일회용 컵도 수회용으로 쓰면서, 절대 빈곤 속에 있는 사람들을 위하여 콜라 한 잔의 값을 모은다. 또한 목사는 사례금을 스스로 낮춘다. 예배 후의 점심식사는 각 가정에서 한 접시씩의 음식을 가져온 뷔페 식단이다. 사립문도 울타리도 없이, 넓게 펼쳐진 교회의 잔디밭은 그들의 마음을 풍요롭게 하고, 그 물질적 풍요의 기준을 낮추어 주는지도 모른다.

　지구상의 모든 생물과 무생물은, 본래 각 존재의 특성을 타고난 평등의 존재이지만, 유한의 가치 기준을 설정하는 순간, 등급과 순위가 결정된다고, 그리고 노자, 장자, 석가모니, 디오게네스, 예수, 원효와 같은 위대한 그들은, 영零의 기준, 즉 무한 소無限小의 기준을 추구하였고, 그들의 사상은 움직이는 이 현실의 저변底邊에 있다는 것을, 담임목사는 설교하고 실천한다.

　동물이든 식물이든 미생물이든, 그 커뮤니티 안에는 보이지 않는 생존의 경계가 있다. 이것은 자신의 생명 유지와 존속을 위한 내면율이다. 고등생물일수록 그 경계는 엄격하고도 느슨하여서, 그 경계의 폭이 유동적이고 넓다. 공생의 폭이 넓은 것이다. 이러한 두터운 경계 영역이 서로를 유지하고 지켜준다.

생명의 기본인 세포에는 환경과 세포를 경계 짓는 세포막이 있어, 세포의 형태가 유지된다. 세포막이 없으면 세포 속의 내용물이 바깥으로 흘러나와서, 세포는 형태와 기능을 유지할 수 없다.

세포막에는 세포의 내부와 외부 환경을 연결하는 수많은 채널이 분포해 있어, 환경과 세포 내부는 마치 열려있는 상태와 같다. 세포는 환경 속에서 살아가야 하므로, 환경의 변화에 대한 정보의 차단은 곧 변화하는 환경 속에서의 도태와 죽음을 가져오는 것이다.

이러한 세포막은 생명체의 기능을 유지할 수 있도록 고도로 선택되어, 친수성과 친유성을 함께 가지는 양친화성의 인지질 성분이다. 물과 기름은 서로 어울릴 수 없지만, 세포막의 울타리에서는 함께 통한다.

세포막 울타리에 통행 제한이 일어나면 어떻게 될까? 환경이 주는 정보와 물질의 이동이 중단되어, 세포의 성장과 증식과 휴면의 균형이 틀어져서, 결국 세포의 영속성은 멈추고 만다. 생명의 기나긴 역사 속에서, 이러한 세포막 울타리에서의 일방적인 정보와 통행의 제한은 암세포에는 있지만 정상세포에는 없다.

인종의 다양성의 나라, 북아메리카. 그 다양성이 균형적으로 조화를 이루는 것은, 농축된 시간 속에서 흥망성쇠의 쓰라린 기억이 그들의 가슴 내면에 들어있기 때문이다.

밤과 낮, 지역과 일, 시간과 공간과 기술에 따라서 사람들은 밀물과 썰물처럼 움직이고, 한계를 벗어날 때에는 엄격한 법이 사정없이 집행된다. 테이블 위에서의 자유인 것이다.

그러나 세월은 흘러서, 이제 그 테이블에도 보이는 울타리가 필요한 모양이다.

보이지 않는 울타리의 시대도, 흥망성쇠, 순환의 길을 따라 저편으로 흘러가고 마는가. 추풍醜風과 동풍凍風에 밀리어 가고 마는가. 미풍微風과 열풍熱風의 계절을 다시 기다리는 것은 아득히 먼 훗날의 생각일까. (2003. 8)

새만금과 네이스

　지도의 모양을 바꾸는 대 역사의 현장, 새만금. 만경강과 김제
를 지나 부안과 군산을 잇는 새로운 육지를 만들고자 하는 대 사업
이다. 국토가 좁은 이 나라에서는, 바다를 메워 땅을 넓히는 것은
실용적인 방향이다. 육지에서 사는 사람에게는 바다보다는 땅의
가치가 높다. 이에는 누구나가 다른 의견이 없다. 그러나 바다와
갯벌에 대한 인식이 바뀌고, 자연환경에 대한 인식이 바뀌면서, 가

치의 역전적逆轉的 사고가 발전한다. 그러나 어느덧 공사는 마무리 단계, 이를 어쩌나, 이럴수도 저럴수도, 천신만고 줄타기의 끝에 와서, 이리갈까, 저리갈까, 차라리 돌아갈까? 바다를 메우는 사업에 돌아가는 삼각지는 없는 것일까?

온 나라가 시끄러운 네이스, 교육행정 정보시스템. 바야흐로 지금은 정보화시대이고, 정보화산업은 이 나라의 첨단산업이며, 농경지를 대신하여 이 나라 백성을 먹여 살리는 길이다. 이러한 정보화의 시대에서 열린 정보와 정보의 공유화에는 다른 의견이 없고, 이 나라의 미래를 담당하는 교육의 현장에서, 중요한 교육행정의 정보화 시스템의 구축에는 또한 이견이 없다.

그러나, 어린 학생들의 성장과정의 내용을 중앙 수퍼컴퓨터에 입력하여 정보화하는 얘기는 다르다. 이 나라 어린 학생들의 성장과정을 기록하는 학교의 생활기록부가, 인터넷을 통하여 한 군데로 모여 집중관리 된다는 것은 엄청난 위험성이 있다. 이 나라 학생들의 모든 정보가 한 권의 노트에 모여져, 이것이 몰래 열렸을 때 일어날 수 있는 일들은 상상하기도 싫다. 그들이 성장한 후에, 그 한 권의 노트는 어떠한 위력을 나타낼까? 개개인의 성장과정이 정보화될 수는 없다.

지난 1970년 이후, 이 나라의 경제적 성공의 밑거름은 획일적인 지식의 향상이었으며, 지난 수년 전부터 현재의 장애물은, 도리어 이러한 획일적 지식과 고정적 사고이다. 지금은 다양성과 창조적인 전문성이 경제 발전의 기본이다. 몇 가지 항목만을 기준으로 개개인의 학업과 성장과정을 평가하여 기록하는 것은, 또 다른 형태의 획일화로서, 결국에는 개성의 획일성을 유도하게 됨으로서, 우리에게 밝은 미래는 없다.

　　새만금과 네이스의 문제에 대한 공통된 표현은 편리성과 비용이다. 지금 그만 두면 더욱 큰 비용이 들고, 그대로 진행하는 것이 편리하다는 얘기이다. 비용이 들고 불편하면, 틀린 일도 그대로 하는 것이 좋다는 사고인가? 초기의 계획이 불가피하게 설정되었고, 시간의 경과에 따라 예측 못 한 부분이 발견되었으면, 그 시점에서 멈추고 수정하여, 새로운 방향성을 결정하여 나갈 일이다. 한 번 구부러진 길을 그대로 진행하는 것은 역사성의 문제이고, 미래지향적 사고가 아니다. 어쩔 수 없이 잘못된 결과를 예상하면서도, 그 일을 진행할 수밖에 없는 일도 있지만, 이 경우는 아니다.

　　새만금은 우리가 살아가는 자연환경에 관한 이야기이고, 네이스는 우리가 살아가는 사회환경에 관한 이야기이다. 자연환경의 인위적 변화는 수정과 보완으로 상호 보완될 수 있지만, 보이지 않는 세계에 관해서는 다르다. 성장하는 어린 학생에게는 그 어떤 것도 귀중하며, 지향점은 장래의 자연환경과 사회환경의 개선에 있다. 이보다 더 큰 목표가 무엇인가? 아직도 이 사회는 '현재의 비용과 편리성'의 사고가 주류를 이루고 있는가? 그 결과는 성수대교 붕괴, 삼풍백화점 붕괴, 대구지하철 화재 등으로 '현재의 비용과 편리성'의 사고가 가져다준 뼈아픈 경고였고, 지금도 부끄러운 경고이다.

생명의 설계도인 유전자의 움직임은, 25억 년 생명의 역사 속에서 구축된 프로그램이다. 열과 가스와 불과 물의 혼돈의 소용돌이, 원시 지구시대를 지나, 추위와 더위와 건조의 환경 속에서, 대응과 적응은 생명체의 생존 전략이고, 끊임없는 유전자의 변이와 생성과 소멸은, 다가오는 변화에 대응하는 생존의 신비이다. 변화하는 환경 속에서, 변화한 유전자의 선택과 퇴화는 개체의 생존을 결정한다. 그 선택과 퇴화의 가운데서 생명의 유전자는 지금도 변화하고 있다. 그러나 '현재의 비용과 편리성'이라는 고정적 사고는 변화하는 환경 속에서 선택될 수 없다. (2003. 6)

순수와 다양성의 공통 분모
-노대통령 재신임과 관련하여-

미생물, 풀과 나무, 들짐승과 날짐승, 만물의 영장인 사람에 이르기까지, 생명의 공통적 기본 구성은 유전체(게놈DNA)와 유전자이다. 이 유전자에서 RNA로, 다시 단백질로 만들어지는 3단계의 생명체의 역동성은 생물의 중심 이론central dogma이다. 미생물 세포는 4,000~6,000개 정도의 유전자로써 변화하는 환경 속에서 성장과 자기 복제라는 생명의 기본 과정을 수행한다. 살아 있는 것들은 그 종류에 따라 유전자의 수가 다르지만, 기본적으로 각 개체들 사이에서 유사한 유전자는 유사한 기능을 나타내며, 게놈 DNA의 차이는 개체의 다양한 모양과 기능성의 차이로서 나타난다.

지구상에 존재하는 무한에 가까운 살아 있는 것들이 가지는 기본적인 공통 분모가 DNA 유전자라면, 그 DNA 유전자가 만들어 내는 인간으로 이루어지는 세상을 움직이는 것은, 권력과 경제이다. 권력과 경제는 이 사회를 움직이는 힘이고 에너지이다. 변화하는 대자연은 그 자체가 힘이고, 에너지여서, 대자연 속에 있는 인간 세상이 이에 따라 움직이는 것은, 지극히 정상적인 흐름인지도 모른다.

생명체의 움직임의 기본 방향이 생명의 유지와 성장에 있듯이, 이 나라 정치의 방향은 권력과 경제의 획득과 유지이다. 어떠한 생물체도 DNA로 규명되듯이, 어떠한 정치적 움직임도 권력과 경제의 최대공약수로 풀리는 것이다. 권력과 경제, 그 자체는 무형적 존재로서, 그 유지와 성장에 있어서, 정당성이 결여된 수단과 방법이 오류인 것을, 그 자체는 시비의 대상이 아닐 것이다.

지금 이 나라는, 1960년대 이후 축시법縮時法으로 이룩했던 경제의 대수 증식기 이후, 상당 기간을 정체기에 머물러 있다. 이제 그 과정에서 사용되고 낡아버린 특이적 증식인자를, 새로운 일반적 제어인자로 바꾸고자 하는 데서, 역사상 유례가 없는 정치권력의 순수성과 다양성을 그 공통적 분모로 들이대고 있는 것이다. 효용성을 다하고 쇠퇴기로 넘어간 '혼탁한 권력과 경제'의 공통적 분모에 대응하여, 대통령은 그 지위를 거는 재신임을 제안하고, 이에 대하여 무 형태적 무한 증식을 지향하던 '혼탁한 권력과 경제'에 익숙한 권력의 부류들의 고정적 사고思考는, 이를 재빠르게 받아들였다가, 다시 본능적인 저항감과 진통을 드러낸다.

그러나 이제, 지난 경제 발전의 대수기에 사용되었던 축시법이 사회와 정치 발전의 축시법으로, 물질 시대의 빨리빨리 성장 문화가 정치권력의 빨리빨리 성장 문화로 돌아설 수 있을지 모른다. 하지만, 그 혼탁한 획일성의 공통분모에서 순수와 다양성의 공통분모로 바뀌어야 한다.

순수와 다양성은 생명체에서와 같이, 사회를 이루는 기본 요소이고, 제어인자이며 공통적 분모이다. 순수와 다양성의 결핍은, 만들어질 수 있는 생물 잡종의 수적 감소를 가져오고, 끊임없이 변화하는 환경에 대한 적응력과 대응력을 약화시켜, 진화와 발전이 아닌, 도태와 절멸의 길로 이어진다.

    지금 이 사회에 특이한 혼탁한 정치 제어 기술은 그 효용의 한계가치를 넘어서 쇠퇴의 과정에 있다. 고도의 기술력과 넘치는 인적자원, 제한된 국토공간과 제한된 자연자원, 혼재하는 고정관념과 다양해진 요구성, 세계화와 열린 교류, 변화하는 북아메리카의 정책과 요구성 등, 이러한 난제의 분자들을 새롭게 풀어나갈 공통분모가 필요하다. 그러나 그러한 공통분모는 새로운 것이 아니라, 바로 지금 순수와 다양성으로 우리들 앞에 놓여 있다. (2003. 10)

자연과 아메리카의 울타리

　미생물, 식물, 동물을 포함하는 자연의 생태계는, 에너지의 흐름을 따라 연결 고리를 이룬다. 햇빛에너지는 광합성을 통하여 당분으로 전환되고, 당분은 먹이사슬과 먹이의 그물망을 통하여, 다른 생명체로 이동한다. 결국은 여름의 들판에서 휘청거리는 들풀이나 들꽃, 화단의 분꽃, 봉숭아, 목멱산의 소나무와 아랫동네의 느티나무, 그 주위를 맴도는 잠자리나 매미도, 당분을 연소하는 에너지의 동적인 표현이다.

이러한 자연 생태계에는 따로 울타리가 없고, 그 지역의 기온과 수분과 토양에 따라, 이에 적합한 생명체들이 모여 살면서, 무리와 군락을 이룬다. 자연생태계는 무질서와 질서의 균형적인 조화 속에서, 일정하게 유지되는 것이다. 그러므로 드넓은 초원과 습지와 삼림은 다양한 생명의 탄생과 죽음의 보고寶庫이다.

약 2,500년 전, 옛날 중국의 진시황제는 자신의 영토를 지키기 위하여 만 리나 되는 긴 울타리를 쌓았다. 돌을 날라 담을 쌓으면서 할아버지와 손자들은 그 터에서 살다 갔을 테지만, 지금 남아 있는 그 돌담은 수많은 사람으로 하여금, 탄식과 감탄을 낳게 하는 관광지의 의미로 남을 뿐이다. 대자연은 그 속에 서있는 우아한 별장의 마당이고, 정원일 수도 있지만, 손오공이 뛰어도 부처님의 손바닥 위에서이듯, 우리는 대자연의 속에서 산다.

사방을 둘러보아도 보이는 것은 지평선과 대평원, 습지와 사막만이 널려있는 대자연의 북아메리카, 텍사스주, 목화밭과 카우보이의 텍사스, 검은 기름 밭 위에 떠있는 텍사스, 여름엔 뜨거운 멕시코만 바다가 감싸고 있는 대도시 휴스턴. 녹음 속의 휴스턴 시내에서 45번 남쪽 국도를 타고 한 20분 정도 자동차를 달리면, 8번 순환도로와 만나는 부근에 넓게 펼쳐진 마당과 잔디 위에, 한 이백 명쯤은 들어가는 교회 건물이 서있다. 웬만한 중학교보다도 넓은 마당에 울타리도 없는, 휴스턴 한인 복음 장로교회이다.

그러나 이 교회는 목사, 장로, 집사, 교인을 합쳐서 한 삼십 명으로, 항상 그 수가 늘지도 않고 줄지도 않는다. 간혹 한두 가족이 다른 주로 이사를 가면, 어디선가 새로운 교인이 찾아와 다시 그 수를 채워주는 것이다. 아마도 넓은 공간 속의 풍요와 너그러움이 있는 한인교회의 의미이리라.

예배가 있는 일요일에는, 멀리서 달려온 차들이 마당에 늘어서고, 아이들은 이리저리 뛰어다니고, 예배 후 점심을 위한 정원파티가 열릴 때면 제법 번잡하지만, 평일 날에는 항상 비어있는 듯 조용한 모습이다.

교회의 목사는 관리인을 겸하는 듯, 바로 옆 동네에 사는 톰씨氏와 함께 트랙터로 잔디를 깎거나, 의자를 수리하거나, 새로이 만든다. 다음 일요일의 예배와 설교를 마음속에 그리며, 교회 안팎을 돌면서 사색을 한다. 잔디밭 옆의 농구대에는 동네 아이들이 한 떼 몰려와서 뛰어 놀거나 하면서, 운동 후에는 수돗물을 틀어 땀을 씻는다. 이 교회에는 낮은 울타리도 정문도 없지만, 목사도 장로도 어느 누구도 이것을 만들 생각을 않는다. 하나님의 교회는 누구에게나 열려 있고, 이 교회를 지키는 울타리는 뛰어 노는 동네 아이들과 교회를 찾는 사람의 마음에 있는 것인지도 모른다는 생각이다.

다양한 대자연의 한편에서, 정보화와 전문성과 정밀성의 이 시대에는 이제 그 울타리가 컴퓨터에 들어 있어, 세계를 연결하는 공항과 항구에서는, 컴퓨터 정보의 검색으로 사람들의 출입이 통제되는 모양이다. 드넓은 북아메리카, 자유와 정의와 평등과 사랑의 풍요함으로 축복 받은 땅, 그 대자연에 이제 울타리를 치겠는가? 출입에 관한 선택의 기준은 무엇일까?

그러나 세월이 흘러 돌의 장벽이었던 만리장성萬里長城이, 이제 누구에게나 열린 관광지로 되었듯이, 세월이 흐르면 울타리를 치던 사람은 떠나가고, 울타리는 흔적으로 남아서 자연은 자연으로 흐르리라. (2003. 7)

레디메이드 인생인가?
-태풍 '매미' 의 의미는-

추석명절을 지난 다음 날 저녁부터 아침까지, 밤사이에 거대한 태풍이 이 나라의 남부와 동부 지역을 휩쓸고 지나갔다. 우리가 잠 들어 있는 새, 멀리서 태풍 '매미' 가 왔다가, 그 지나가는 길에 있었 던 지역은 휘몰아치는 비바람으로 모든 것이 흐트러져버린 것이다.

태풍은, 바다의 열기가 만들어내는 다이내믹한 에너지의 급속

한 이동으로, 북태평양 남서부의 더운 바다에서 뿜어내는 수증기
가 모여서 응축된 거대한 물방울 떼가 몰려와 소용돌이치면서, 대
기압의 골짜기 사이를 달리는 현상으로, 그 이치에 따라서 가는 길
이 정해져 있지만, 주위 대기압의 변화에 따라서 가는 길은 조금씩
바뀐다.

어느 집이든 한 권쯤은 있을 법한 중고등학교의 지리부도를 펴
보면 소개되어 있는 내용이다. 이 거대한 대기에너지의 이동은, 지
금의 기상과학으로 예측되어, 그 가는 길과 크기 등이 시시각각으
로 방송을 통하여 전달된다. 이제 자연의 움직임을 인간의 과학으
로 예측하는 시대이지만, 생물의 움직임을 예측하기에는 아직 알
지 못하는 변수가 너무 많다.

자연의 힘 앞에서 우리는 바닷가에 흩어진 조개껍데기에 불과
하지만, 지금의 과학으로 잘 짜인 사회에서는, 자연이 주는 재해에
대응하는 프로그램이 있어서, 재해의 가능성과 정도를 예측하고,
그 피해를 최소화하도록 작동한다. 그 대응과정도 순조롭고, 이재
민들의 생활 모습도 차분하다. 인류 역사 이래 계속된 태풍에 대한
현실화된 경험과 지혜의 소산이다.

그러나 흐트러진 사회에서는 혼비백산으로, 직접적으로 당한

사람에게는 평생의 타격이고, 보고 듣는 사람에게는 한번씩 스쳐 지나가는 기억으로 남아있을 뿐이다. 재해는 언제 어디에서나 일어날 수 있고, 우리는 그 가능성 가운데서 살아가지만, 어떤 가능성이 우리에게 실현될 것인지는 고정적이지 않고, 유동적이다. 물론 이것은 부분적으로는 사실이지만, 운명론자에게는 우스운 얘기일지도 모른다.

생물의 유전자는 태풍과 어떤 관계가 있을까? 태풍은 무생물 가운데서도 대기의 움직임이고, 유전자는 생물의 움직임을 유도한다. 유전자는 생물이 움직이는 원인이요, 몰아치는 태풍은 무생물이 움직이는 결과이다. 그러므로 태풍과 유전자는 별 관계가 없을 것 같지만, 태풍의 에너지가 쏟아내는 폭풍우는 생명체를 타격하고, 그 타격의 정도는 세월 속에서 차곡차곡 DNA 유전자에 쌓여간다. 이는 자연재해에 대한 예지력이 벌레나 짐승에게 발달한 까닭이다.

시인 이생진은 "시달리며 살아남은 동백은 아름답다"라고 했던가? 모진 태풍을 견디고 선, 풀과 나무와 열매는 보기에도 아름답다. 몰아치는 비바람 속에서도 나뭇가지에 매달려 남은 과일의 모습은 찬란하지만, 찢어지고 왜곡되고 굴곡진 모양으로 기어가는 풀벌레는 서글프고, 생명의 끈질김과 얼룩지고 참담했던 역사성을 나타낼 뿐이다.

　3차원의 공간에서 뒤흔드는 태풍은 평면의 땅에 익숙한 우리를 당황케 한다. 사실 우리는 무디어진 감각의 덕분으로, 평면적인 일상생활을 반복할 수 있는지 모른다. 날마다 살면서도, 우리가 서있는 공간과 우리의 모습을 잊고 있는 것이다. 태평양에서 탄생한 태풍의 에너지는 평형을 향하여 질주하고, 마침내 동해 바다 멀리에서 평형에 이르러 소멸하고 만다. 그 평형에 이르는 긴 길에서, 그러나 일순간에 태풍은 산천초목과 인간의 위대한 시설물들을 가랑잎처럼 날려버리는 이것은 현실이다.

　풍전등촉風前燈燭의 생활 속에서, 우리에게 소중한 것은 무엇인가? 언제나 비바람을 피한 자리에 서있는 사람들에게 큰 의미란 무엇이고, 흙탕물로 뒤범벅된 세간들을 씻는 사람들의 의미는 무엇인가? 그들과 이 사회는 어떠한 관계인가? (2003. 9)

레디메이드 인생, 시대는 가고

-그 꽃을 사뿐히 즈려 밟고 가시옵소서-

　먼 옛날 지구의 하늘이 처음 열린 이후, 시생대, 원생대, 고생대, 중생대, 신생대를 지나면서 지구의 시대는 변화해 가고, 인간의 시대는 선사시대, 역사시대, 구석기시대, 신석기시대, 청동기시대, 철기시대, 플라스틱시대, 컴퓨터시대, 그리고 왕조시대, 봉건시대, 독재시대, 민주시대, 정보화시대로 변화해 간다. 그 기나긴 시대에 대한 시간의 개념조차 서지 않지만, 어차피 가야할 곳이 정해져 있다면, 무슨 시대를 그리도 거쳐서 가야 하는가? 시대는 무엇을 따라 흘러가고, 지나간 시대의 흐름의 방향은 어디인가, 그리고 마지막에 이르는 시대는 어떠한 시대일까? 최후의 심판시대일까? 극락정토, 불국토일까? 텔레비전 프로그램의 '인간시대'도 있지만, 인간시대는 결국 문고리에 끈이 매어진 정신의 흐름인가.

시간의 공간 속에서, 몇 시대가 공존하고 혼재해 있는 이 지구 위의 이 나라는, 어느 시대를 지나고 있는가. 민주화시대이고, 정보화시대이고, 복지화시대로, 세계의 상위그룹이 지나는 길을 함께 가고 있다고 한다. 그러나 한 사람의 생애보다도 시대가 더 빠르게 변화하며 지나가니, 우리들 중생은 가는 시대 오는 시대에 부딪히고, 붙잡히고 매달리는 형편이다. 현실은 힘을 따라 움직여도, 굽이굽이 둘러가도 결국 흐를 곳으로 흘러간다지만, 기다림 속에서 우리들 인생은 간다.

우리는 무엇으로 사는가? 밥과 떡으로 살고 마음으로 살고, 마음을 담고 다듬는 몸으로 산다. 몸과 마음이 따로 가지 못하고 함께 살아가므로, 양쪽이 다 편해야 살기가 편하다. 하나의 개체인 우리는 음양의 균형으로써 현재를 헤치면서 미래로 나아가고, 우리 몸의 유전자는 촉진과 저해의 음양의 작용으로서 언제나 생의 방향으로 나아간다. 거대한 생물계를 움직이는 유전자군遺傳子群은, 개체의 항상성을 유지하는 방향과 평형을 이루는 방향으로 움직여 나아가고, 변화하는 환경 속에서 다가올 새로운 평형을 향하여 헤쳐 나간다.

이러한 세상의 음과 양의 흐름 속에서, 우리는 그 어느 한 편에 서야 하고, 이 세상을 살면서 그 어느 한편에 섰던 우리는 성하고 쇠하는 음과 양을 따라, 함께 흥망성쇠를 반복해야 한다. 그러므로 세상 강기슭에서 그냥 머뭇거리고 살아가면서, 강 가운데로 휘몰아치며 도도한 듯 흐르는 물살을 가끔 부러운 듯 바라보는 편이 더 나을는지도 모른다.

문文은 무武보다 강하다고 했던가? 법보다는 무력이 앞선다고 했던가? 보이는 세계는 무력이 강하고, 보이지 않는 세계에서는 문력文力이 강하다. 그러나 어느 쪽이든 종속의 습성은 그들 자신을 불안정하게 한다. 자연 생태계에서도 종속에 익숙해 있던 생물의 습성은 힘의 지배가 없어지면 잠시 불안정해지지만, 새로운 평형 이동으로 안정을 찾는다. 이러한 평형 이동의 기다림을 혼란이라고 하겠는가?

어느 강자의 힘이 표면화되지 않는 지금, 저 말발굽이 몰아치던 춘추 전국시대가 혹 그리운 것인가, 혹은 일사불란한 힘의 움직임이 그리운 것인가? 당리당략의 조선 오백 년, 열강과 제국의 시대, 혹은 너와 나의 힘겨루기 시대로 되돌아가야 하는가?

지금은 역동과 평형의 시기, 힘의 단층구조에서 힘의 다층구조로 변화하는 시기이다. 힘은 평형을 향해 이동하므로 개체 간의 힘의 수직적 안정은 항상 불안정으로 향하지만, 힘의 수평적 안정은 항상 안정을 향한다. 사막의 한가운데에서 오천년을 말없이 서있는 고대 이집트의 피라미드, 그 먹이사슬의 피라미드에 덩굴이 엉키듯, 이제 수평적인 힘과 먹이의 그물망이 얼기설기 짜여지고 있다.

긴 마라톤을 마친 선수는 휴식이 필요하고, 시합이 끝난 선수는 다음 시합을 준비하지만, 이제 기량이 다한 프로선수와 역할을 다한 프로선수는 미련 없이 관중석으로 올라와야 한다. 원형의 경기장을 바라보는 관중석은 더 큰 세계이지만, 저물어가는 경기장에는 아직도 흘러간 시대의 프로의 아류들이 흩어진 힘의 파편을 손에 쥐고 서 있다. 흘러가는 세월의 물결에 으름장을 놓아보고, 붙들고 매달려보지만, 하얀 물거품으로 유유히 흐르는 한강물과 함께 서해바다로 흘러들어 갈 뿐이다.

차라리 김소월의 〈진달래꽃〉처럼 가시는 걸음걸음 놓인 그 꽃을 사뿐히 즈려밟고 가시옵소서……. 가는 세월도 오는 세월의 물결도, 함께 다음의 순번을 기다리는 자연의 마음이다. (2003. 8)

방학동 은행나무

북한산 자락 남동쪽으로 방학동放鶴洞 어귀에는, 800년가량 되는 큰 은행나무가 한 그루 서있다. 이름 그대로 학이 노닐던 옛날에는 베일 걱정도 없이, 땅과 하늘 사이를 이어갔지만, 근래에 아파트가 들어서면서 여러 우여곡절을 겪었다. 기나 긴 환경의 변화 속을 지나오면서도, 그 은행나무는 북한산의 기운을 온 잎으로 내뿜으며, 지금도 주위에 사는 사람들과 멀리서도 찾아오는 사람들의 즐거운 산책 코스로 되어 있다.

　방학동 은행나무가 그 자리에 서있기 위해서는 얼마의 시간이 소요되었을까? 얼마의 과거가 응축되어서 지금 그 자리에 서있는 것일까? 아마도 가깝게는 8백 년이고, 지구의 탄생이 약 45억 년 전, 우주의 탄생이 약 150억 년 전이니, 우리가 추정할 수 있는 가장 긴 시간인 150억 년이 지나면서, 오늘 그 자리에 서있는 것이다. 우주에서도 유일한 모습으로 서있는, 가히 천상천하 유아독존의 소중함이다. 100년을 머물다 가는 사람은, 어떠한 인연으로 그 은행나무와 만나게 되는 것일까?

　지금의 현재는 과거의 표상이듯이, 미래는 현재의 표상이다. 은행나무가 살아온 경로는 그 큰 둥치와 검고 딱딱해진 껍질과, 높고 넓게 구부려져 뻗은 가지, 그리고 그 옆에서 숨을 들이마시면 온몸으로 스며드는, 보이지 않는 북한산의 기氣로써 나타난다. 또한, 은행나무의 DNA에는 생명의 25억 년 역사가 차곡차곡 쌓여있다.

　그 DNA 암호 하나하나는, 긴 시간 동안 변화해온 환경 속에서 은행나무가 살아온 공간과 시간의 기록이다. 비행기의 블랙박스

속에 비행일지가 기록되고 해독解讀되듯이, 언젠가 가까운 장래에
는, 방학동 은행나무의 DNA 암호가, 학이 날아오던 시절의 이야
기로 해독되는 날이 올 것이다. (2003. 3)

떠나가는 사람들
―세계로 흩어지는 이 땅의 후예―

　농경사회는 정착생활이고, 유목사회는 이동사회이다. 농경은 움직일 수 없는 토양을 생산수단으로 하고, 유목은 풀을 찾아서 움직여야 하는 가축을 생산의 수단으로 하지만, 어느 쪽도 토양을 기본적 수단으로 하기는 마찬가지이다. 3차 산업, 무형의 산업이 발달한 현대 사회에서도 여전히 토양은 생활의 기본이다.

불과 1960년대 말까지만 하더라도 농경사회에 살았던 우리는, 거의 이동이 없이 태어난 곳에서 자라고 사는 편이었다. 간혹 부모의 직장을 따라서, 이곳저곳으로 이사 다니는 아이들은 식견이 느는 면도 있지만, 고향 동네의 동무와 학교 동창들과의 친교가 단절되는 아쉬움이 있었다. 지금도 시골에는 그곳에서 태어나, 한 번도 이사를 않고 사는 노인들이 있고, 그 전에만 하더라도, 안주인은 바깥출입을 잘 하지 않아서, 그 고장을 한 번도 떠나지 못한 할머니들도 있다. 따뜻한 봄날의 담벼락에 쪼그리고 앉아, 담배를 피우는 노인들의 까맣고 주름진 얼굴은, 논이나 밭 토양을 닮은 자연의 모습이다.

그러나 지금은, 대부분의 사람들이 수년에 한 번씩, 혹은 일년에도 몇 번씩, 일터를 따라 이사를 해야 하므로, 아마도 태어난 곳에서 그대로 살아가는 사람은 거의 없을 것이다. 결국은 생산성을 따라, 또한 경제성을 따라, 움직일 수 없거나 움직여야 하는 것은 예나 지금이나 마찬가지로, 먹이를 찾아 이동하는 자연의 법칙이다. 그러나 이제는, 동네, 고장, 나라 안에서의 이동에서부터 세계적인 이동으로 발전하였다.

아직 농경민족의 정착습관이 남아있는 사람들이 정든 곳, 정든 사람을 떠나는 데야 말 못 할 사연들도 있겠지만, 결국은 한계상황에서의 이동이고, 계층적 이동, 수평적 이동을 위해서 차라리 환경의 변화를 선택하는 것이다. 자신과 가족에게 더욱 적합한 환경을 찾아 세계로 이동하여 가는 것이다. 가는 곳과 목적은 다양하지만, 알고 보면 간단해서, 지금 혹은 장래에 자식들이 더 잘살기를 기대하면서, 보다 나은 생활을 위해 떠나는 것이다. 떠나는 이 나라는 동종 간同種間의 경쟁이 혹독하고, 찾아가는 그 나라는 이종異種 속에서 적응하여 살아가기가 외롭고 혹독하다. 이 나라가 비좁으니, 더 넓은 곳으로 진출하는 것은 이 나라에 대해서는 애국이고, 이 나라를 세계에 선전하는 것이니, 아쉬워도 가는 이민을 마음속으로 축복한다. 부디 정착하고, 안정적인 생활 속에서 이 민족의 DNA유전자가 세계에 널리 흩어지기를 기원하면서.

먼 훗날에 달라진 토양과 환경 속에서, 이어진 그 후손들의 모습은 변화하여도, 그들의 유전자 속에는 이 땅의 사람들의 온순과 지혜가 특징적으로 남아있을 것이고, 그들의 족보와 게놈 DNA의 계통도에는 멀리 한국의 땅에서 건너왔음이 기록되어 있을 것이다. 그 후손들이 세계지도를 펼쳐놓고 둘러앉아서, 이 땅의 이야기로 꽃을 피우는 때를 생각해본다. (2003. 3)

정치와 에너지의 생태계

모든 생명체의 활동은 에너지의 변화된 모습이다. 생명체의 존재와 활동에 에너지가 필수적인 것은, 살아간다는 것은 에너지를 태우는 일이고, 에너지 없이는 생명체의 움직임도 없기 때문이다. 그러므로 겨울 그것도 몹시 추운 겨울, 에너지가 부족한 때에는 차라리 동면冬眠을 하는 것이 좋다.

지구 위에 사는 수많은 생명체들의 기본적 에너지원은 무엇일까? 태양의 빛에너지는 광합성을 하는 세균이나 나뭇잎과 풀잎의 엽록소에서 탄수화물로 만들어지고, 세포의 대사과정에서 화학에너지(ATP)로 전환된다. 결국, 빛에너지는 미생물과 식물을 지나 초식동물과 육식동물 그리고 사람으로, 먹이의 연쇄와 그물망을 통하여 생태계 속을 이동해 가는 것이다. 이 과정에서 에너지의 공통적인 모습은 ATP 화학에너지이다. 생명체의 공통적인 에너지의 변화형태인 ATP, 이는 생명의 역사 이래 만들어진 에너지의 모양새이다.

대자연 속에서 사람으로 이루어진 하나의 생태계인 이 사회에서, 사람이 살아가는 데 필요한 에너지는 무엇일까? 우리가 밥을 먹고 살아갈 수 있는 것은, 쌀은 햇빛으로 만들어진 저장된 탄수화물이고, 밥은 분해되기 쉬운 형태로 가열 처리된 탄수화물이므로, 체내의 세포에서 대사되어 화학에너지로 전환되기 때문이다. 사람이 살아가는 모습인 움직임이나 정신의 활동이 결국 ATP의 연소이고 보면, 생각을 하는 데도 공부를 하는 데도, 사랑을 하는 데도 싸움을 하는 데도 에너지가 소요되니, 어쩌면 사람이 살아가는 모습은, ATP가 타오르는 불꽃의 모양인지도 모른다.

이렇듯 사람을 움직이는 것이 ATP라면, 이 사회를 움직이는 것은 무엇일까? 물론 사회의 주체가 사람이므로, 사람들이 둘러 모여서 장작불을 피우듯이 사회의 움직임은 사람들이 모여서 ATP를 태우는 모습과 같을 것이다. 그러나 같은 장작을 태우면서도 만들어지는 밥이 다르듯이, 사람들이 같은 ATP를 태우면서 나타내는 산물은 다양하다.

산천초목과 햇빛 모두가 에너지원이지만, 지구 생태계 속에서 사람이 이용할 수 있는 부분은 제한적으로, 알곡과 과일과 열매, 일부의 물고기와 육류 정도이다. 하지만, 지금은 이러한 자연의 먹을거리를 아무 데서나 자유로이 구할 수도 없고 물물교환시대도 아니어서 돈을 주고 사야하니, 돈이 곧 에너지원일지도 모른다.

경제와 정치는 사회의 에너지를 체계적으로 생산하고 분배하는 방향과 흐름을 결정하는 역동성이다. 인류 역사 1만 년 이래로, 환경의 변화에 따라서 경제와 정치는 에너지의 생산과 분배의 시스템에 엄청난 변화를 일으켰고, 여전히 변화하는 모습이다.

최근에는, 정치 무대의 장막이 열리면서 정치판의 움직임이 무대 위에 드러난다. 현재라는 무대 위에 나타나는 세상의 모습은 항상 새롭지만, 정치판의 에너지 라인의 적나라한 노출은 이 나라 반

만년 역사 이래로 처음 있는 일이다. 상상으로 미루어서 뻔히 아는 것이지만, 사람은 감각적인 동물이라 보이지 않으면 알지 못하고 흥분이 되지 않는다.

지구 생명체의 에너지가 ATP라면 정치의 에너지는 무엇일까? 정치의 에너지원에는 제한이 없어 태울 수만 있으면 출처와 모양에는 상관이 없다. (2004. 1)

망년가(忘年歌) 이슬 맺힌 백일홍

-탱크와 여중생-

연말이 되면 이런저런 모임이 잦아진다. 잊어야 할 것, 잊고 싶은 것이 많은 사람에겐 망년회忘年會이고, 한 해를 보내는 의미에선 송년회送年會가 된다. 오랫동안 함께 직장에서 일하던 동료나 선후배가 다른 곳으로 떠나거나 할 때면, 우리는 어김없이 송별회를 갖는다. 가는 사람을 잊기 위해서는 망별회를 해야 되지만, 여태까지 들어보지 못했다. 누구나 떠나고 헤어질 때면, 아쉽고 미안하고,

다시 만나고 싶은 것이 우리들의 마음이다.

봄, 여름, 가을을 지나, 이제 얼어붙은 겨울 속에서 한 해가 간다. 누가 가라고 한 것도 아니요, 누가 보내는 것도 아니지만, 시간의 흐름 속에서 역사의 뒤안길로 한 해는 사라진다. "내 호올로 어디를 가라는 슬픈 신호냐, 내 어디로 어떻게 가라는 슬픈 신호信號기"(김광균, 〈와사등〉에서). 때로는 차가운 밤거리에 홀로 켜있는 가스등 밑에 서있는 나그네와 같은 인생살이다.

"밤 깊은 마포종점 갈 곳 없는 밤 전차, 비에 젖어 너도 섰고 갈 곳 없는 나도 섰고"(가요 〈마포종점〉에서), "이별의 눈물이냐 목포의 설움"(가요 〈목포의 눈물〉에서), "비린내 나는 부둣가에 선 이슬 맺힌 백일홍"(가요 〈선창〉에서), "쌍고동이 울어대면 갈매기도 울었다네"(가요 〈쌍고동우는 항구〉에서). 이제는 이름조차도 사라져버린 선술집과 왕대포집에서 쓸쓸하게 흘러나오던 망년의 유행가는, 지금도 동네 노래방에서 간간히 흘러나온다. 아직도 우리는 잊어야 할 세상인가.

지난 늦은 봄, 온 나라를 휩쓸었던 월드컵의 열풍 한 옆에서 일어났던, 미군 장갑차와 여중생의 죽음 사건이, 차가운 겨울 연말에 우리들의 열기를 태우고 있다. 장갑차 행렬을 지휘하던 인솔 장교와, 장갑차의 운전병사에게 부주의의 잘못이 있지만, 분노하는 시위대의 젊은이와 이에 대치하는 의무경찰의 젊은이들, 서로 욕설과 몽둥이와 방패를 휘두르는 그들은 누구의 대역代役인가.

모두가 서글픈 프로그램 속에서, 각자의 역을 충실히 하고 있을 뿐이다. 광화문 이순신장군 상 아래에 모여 선 촛불의 행렬처럼, 그들 서로는 철천지원수가 아니고, 같은 시대를 살아가는 동지이고 친구이며, 서글픈 프로그램에 따라서 먼 이국땅에 와서 훈련하던 그 미국의 젊은이도 역시, 지금 우리와 같은 시대를 살아간다. 우리가 미워하고 분노하고 나아가 가엾게 여기는 것은, 어린 운전병사와 인솔 장교가 아니라, 잘못을 인정하고 생명의 소중함 앞에서 용서를 빌지 못하는 그들의 그릇된 의식과, 이를 감싸는 가식적인 프로그램이다. 이들 모두가 이러한 가식의 희생자인 것이다. 이제 이러한 가슴 아픈 사건이 두 번 다시 일어나지 않는 프로그램이 필요하다. (2002. 12)

탄핵정국의 마중물

　세포는 성장과 증식을 위해 외부 환경으로부터 탄소원의 연료를 공급받는다. 그 연료는 주로, 당 성분의 탄수화물인데 당은 세포가 살아가는 데 필수적인 에너지원이고, 또한 세포를 이루는 구조 성분이기도 하다. 세포의 담장 부근에서 물에 녹아있는 당 성분은 수송체 단백질에 의해 세포 내로 이동된 후, 당을 분해하는 해당계解醣系를 지나면서 ATP 에너지를 만들어 낸다. 무산소 호흡(발효)을 하는 해당 계에서는 포도당 한 분자가 분해되면서 두 개의 ATP가 얻어지고, 이어서 미토콘드리아의 유산소 호흡계로 이동되어 물과 이산화탄소로 최종 분해되면서, 약 38개의 ATP가 나온다. 그러나 이러한 에너지 펌프가 작동하는 데는 먼저 2분자의 ATP 에너지가 필요하다.

지금도 간혹 남아 있지만, 옛날 시골집에서 물 펌프로 지하수를 퍼 올릴 때는, 먼저 펌프에 마중물을 한 바가지 부어 넣은 후 펌프질을 해야, 지하수가 철철 넘치도록 쏟아져 나온다. 생명의 기본인 땅속의 물이나, 세포의 에너지의 출력을 위해서는, 마중물이나 마중연료(?)가 소요되는 것이다. 이러한 원리는 세상에서도 그대로 통한다.

이제는 옛날이야기가 되었지만, 돈으로 정치하던 시대가 있었다. 땟거리도 어렵던 시절이라, 선거철이면 뿌려지는 술과 밥과 돈을 따라 표가 움직이는 것은 당연지사當然之事였다. 어느 정도 살게 된 이후에도, 이는 여전히 관행으로 남아, 생활수준이 높아짐에 따라 오히려 선거비용의 지출은 천정부지로 늘어만 갔다. 현직에 있는 정치 권력자는 이 자금을 모으기 위해 기업체에 기대어 정치자금을 얻거나, 부정부패의 경로를 통하여 비자금을 모았고, 이 부정적인 비자금은 흘러내려 골목을 적셨다. 선거철이면 경기 좋은 흥청거림이었다.

뿌려진 돈을 다시 부정과 비리로 만회해야 하는 악순환의 고리, 그 업의 순환은 끊어질 수가 없었다. 그러나 시대가 변화하면서, 이러한 정치 자금의 투명성을 요구하기에 이르렀고, 여기에 앞장선 그때의 대통령은 그 역시 혼탁한 3급수(?) 속을 헤엄쳐 나왔음을 자인하면서, 검찰에 철저한 조사를 의뢰했다. 검찰은 성역 없는 정치 비자금을 들추어내었고, 내로라하는 정치인은 예외없이 모두가 줄줄이 연관됨에 따라, 정치권은 부정 비자금의 소용돌이 속으로 빠져 들어갔다. 단절된 부정부패의 단물은 불경기로 이어져 골목을 몰아쳤고, 그 속에서 거대 야당과 보수 진영은 힘을 모아 대통령을 함께 탄핵하는 대항을 전개함으로써, 이른바 탄핵 정국으로 명명되었던 것이다. 이제 이 나라의 정치는 거대한 수족관처럼 투명한 공간에서 이루어지게 된 것이다.

예수는 동정녀 성모 마리아에게서 잉태되어 추운 겨울날 마구간에서 태어났다. 인간으로 태어나는 순간 원죄를 지니는 인간에 의해서는 인간의 구원이 불가능하므로, 선악과善惡果의 원죄를 지고 태어나는 인간의 영혼을 구원하는 데는 죄가 없는 초인간, 즉

성령으로 태어난 메시아의 출현과 희생이 필요하였던 것이다.

　부정과 비리의 경로를 지나지 않고는 정치 사회에 입문할 수 없었던 그 시절은, 누구도 이러한 부정적 비자금에서 자유로울 수가 없었고, 그 부정과 비리로 얼룩진 고양이의 목에 누가 방울을 매달 것인가 하는 이야기만이 돌아다니던 시절이었다. 깊은 땅속 바위 밑을 흐르는 물을 펌프로 퍼 올리는 데는 한 바가지 마중물이 필요하고, 당을 태우면서 그 에너지로 살아가는 세포가 에너지 펌프를 가동하는 데는 초기에너지가 필요하듯이, 그 시절의 대통령 탄핵 정국과 지금 이 나라의 변화된 모습을 생각한다. (2004. 3)

굴욕과 인욕과 프라이드
─이라크 파병의 시기에서─

    요즈음은 열린사회이고 민주화된 사회라, 강압적이거나 일방적인 힘의 우위의 과시 없이 서로 존중하므로, 일상적인 생활에서 굴욕屈辱적인 일을 겪어야 하는 경우가 적어졌다. 가끔 직장이나 회합 등의 인사 관계에서 이러한 굴욕적인 일이 아직 남아있기는 하지만, 대부분은 감각이 무디어진 덕분도 있어 느낌조차 없이 지내기 십상이다. 굴욕이란 상대적인 약자가 억눌리고 무시당하거나 업

신여김을 당하는 것으로, 당하는 사람에게는 강력한 자극이 되어 에너지 생산이 증가하고, 심신의 활동성이 증가하게 된다. 이는 우리를 움직이게 하는 요소이다.

만해 한용운 선생은 인욕忍辱이란 대욕大慾을 위하여 소욕小慾을 참는 것이고, 장시長時를 위하여 일시一時를 굴屈하는 것인데, 비겁의 천장부賤丈夫들은 인욕을 내세워 굴욕의 폐肺와 간肝을 엄폐하려 한다고 했다.

천장부賤丈夫나 기회주의자들이 흐름의 방향보다는 그 흐름에 편승하여 득세하고, 세를 유지하려는 것은 예나 지금이나 마찬가지이다. 끊임없이 분열하고 급변하는 사회 속에서는, 남을 내세워 이익을 도모하고, 이利가 있으면 모이고 행하고, 득이 없으면 흩어지고 행하지 않는다. 모든 길은 경제로 통하고 경제가 우선인 지구시대에, 굴욕도 비겁도 일순 스쳐 지나가는 변수일 뿐, 이와 득을 얻기 위한 방향은 굴욕이 아니고 인욕의 순간이다.

환경의 변화에 대한 생명체의 대응 방식은, 생명의 유지와 성장을 위한 내성과 적응과 변이이다. 변화하는 인간사회 속에서, 인간의 대응 방식은 때로는 굴욕일 수도 있고, 인욕일 수도 있고, 또한 아큐阿Q의 프라이드일 수도 있다. 그러나 내면적인 프라이드가 없는 굴욕에 대한 순종은, 인내도 아니고 인욕도 아니다. 나아가 비굴한 희생은 어쩌면 생명의 신에 대한 배신인지도 모른다.

생명에 대한 소중함과 내적 프라이드가 없는 삶이라면, 우리는 이런저런 생각 없이 구르는 돌과 같이 굴러다니거나, 그도 아니면 들풀처럼 바람 따라 흔들릴 뿐이다. (2003. 10)

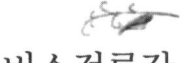

간이 버스정류장

 아침 일찍 지방에 있는 대학으로 출강을 갔다가, 점심때가 지난 무렵, 서울로 돌아오려고 길가의 간이 버스 정류장의 문을 열고 들어섰다. 의자에 앉아 있던 몇 사람의 시선이 일제히 쏠린다. 버스를 기다리던 무료함을 지우려는 듯, 모두가 고개를 들어서 새로 들어선 손님을 쳐다보는 것이다. 껌이며 과자며 음료수와 함께 차표를 파는 매표점으로 다가서자, 점심을 먹고 있던 듯 남자주인이 손으로 입을 닦으며 걸어 나온다. 차표 한 장과 껌을 사면서 매점 안쪽을 살펴보니, 문도 없이 커튼이 걸쳐진 방에는 살림도구가 놓여 있고, 아주머니와 끓는 된장국으로 점심을 먹고 있는 중이었다. 아마도 시외버스가 다니는 시간 동안은 일터이자 주 생활터인 이 매표점에서 부부가 함께 살아가는 모양이다.

물론 서울의 동네 골목이나 인사동의 골목이나, 또한 어느 도시의 한편에서도 이러한 생활의 모습은 있다. 그러나 대부분 도시에서의 바쁜 생활은, 옆이 보이지 않는 생활의 계곡이고, 모두가 그 계곡 속을 흩어져 걸으며 매일 똑같은 모습의 패턴화된 생활을 한다. 일천만의 사람이 모인 서울과, 수백만의 사람이 모인 대도시는 그렇게 사람으로 뭉쳐져서 돌아가는 것이다. 모두가 빠르게 회전하는 도시 생활의 축 밖으로 떨어지지 않도록 꼭 매달려서 산다.

사람을 이루는 수만 개의 유전자는 그 특성에 따라서 움직인다. 항상 움직이는 유전자, 아침, 점심, 저녁, 때에 따라 움직이는 유전자, 추위와 더위, 계절을 따라서 움직이는 유전자, 음악을 듣거나 영화를 보거나, 감정과 감동에 따라서 움직이는 유전자 등, 이러한 유전자는 사람이 만나는 환경에 따라 다양하고, 각기 고유한 특성에 따라 활동한다. 다양한 유전자의 움직임이 생명체를 움직이는 것이다. 이러한 유전자의 고유한 특성으로 사람은 변화무쌍한 세상을 살아가므로, 어느 한 유전자라도 그 특성이 흐트러지면 사람은 건강하게 살아갈 수가 없다. 각 유전자의 특성과 고유성이 생명체의 균형을 유지하는 것이다.

송충이가 솔잎을 먹고 누에가 뽕잎을 먹고 살듯이, 사람들도 대부분 자신의 방식으로 산다. 농사를 짓거나 물고기를 잡으면서, 저잣거리에서 장사를 하거나 고관대작이나 미관말직을 하면서, 혹은 팔리지도 않는 책을 쓰면서, 사람들은 살아간다. 모두가 자신의 고유한 방식으로 일하면서 살아가므로, 이 사회는 유지되는 것일까?

인생의 긴 시간 동안에 사는 방식이 바뀌기도 하고, 사람 팔자 시간문제라고 어느 날 갑자기 바뀌는 인생이라고도 하지만, 그것은 사람들이 가지고 있는 고유성과 특성이 흐르는 세월 속에서 만나는 최적의 환경에 반응하면서 나타나는 모습이다. 그 고유성과 특성에 어울리는 최적의 환경이 언제고 찾아올지, 아니면 한번도 오지 않을지는 아무도 모르지만, 사람들이 눈치 채지 못하는 새, 그냥 지나쳐 가는지도 모른다. 그래서 대부분의 사람들은 그냥 그렇게 일생을 살다 가는지도 모른다.

버스를 기다리며 긴 나무 의자에 앉아있는 사람은 다시 졸고 있다. 흔들리는 창문 너머로 보이는 산자락 밑에 있을 이 부부의 집 빈 마당에는, 이들이 나간 사이에 강아지가 코를 땅에 대고 킁킁거리며 이리저리 돌아다니고, 닭들은 모이를 찾아 마당을 쪼고 있을 것이다.

이 시각 서울의 종로나 강남의 거리는 어떤 모양일까? 빌딩의 사무실에는 컴퓨터 앞에서 서류를 만지거나, 전화기를 귀에 대고 큰소리로 외쳐대는 사람들이 있을 것이고, 번화한 백화점이나 상가에는, 모두가 출근한 빈 아파트의 문을 잠그고 나와, 이것저것 새로운 물건을 구경하는 사람들로 붐빌 것이다. 그리고 연구실에서는 바쁘게 실험을 하고 있을 것이다.

그러나 서울의 생활 밖에서는 혹은 일상적인 도시 생활의 계곡 밖에서는, 간이 버스정류장 매표점에서 젊은 부부가 마주앉아 늦은 점심을 먹으며 정겹게 살아가는 생활도 있다. (2003. 9)

창경궁 옆 고가차도

　광화문에서 안국동을 지나 창덕궁 앞을 지나면 창경궁 담 옆으로 고가차도가 나온다. 명륜동 방향과 이화동 방향으로 가는 두 갈래의 고가차도이다. 고궁의 담 옆을 지나는 고가도로는 교통의 편리성은 있지만 도시의 시야를 가리고, 두 발로 걸으면서 즐기는 도시의 풍경과 고궁의 풍미를 가린다. 하기는 남의 나라의 궁전을 동물원으로 만든 인간시대도 있었으니 더 말할 나위도 없다.

이제 그 고가도로가 30여 년간의 역할을 마치도록 철거하고 있는 모양이다. 오랫동안 고가차도에 가려져 있었던 창경궁의 하늘과 숲이 이제야 숨을 쉬는 듯하다. 매일 아침 지나치는 길이지만, 며칠 사이에 훤하게 트여서 북악산을 배경으로 숲과 하늘이 이어지는 넓어진 시야가 펼쳐져 있음에 절로 감탄이 나온다.

가난한 시절에 발전의 상징이기도 했던 고가도로, 거리의 복잡함을 꿰뚫고 논스톱으로 달리는 고가차도는 어쩌면, 그 당시 서민에게는 단지 거대한 시멘트 구조물에 지나지 않았는지도 모른다. 가난을 벗어나기 위해서는 모두가 빨리빨리 일을 해야만 했다. 모든 가치의 기준은 부의 생산이고, 짧은 시간에 목적을 이루기 위해서는, 곡선은 없이, 일사불란한 빨리빨리 그대로 이었다.

그러나 이제 그 가난했던 시절에 가졌던 여유는 없다. 그동안 물질적 풍요를 위해서, 우리는 너무 많은 것을 잊었는지도 모른다. 지워진 우리의 기억을 되찾기에는 얼마나 긴 시간이 소요될까.

보라, 서울의 한복판에 시원하게 열린 숲과 하늘을. 이제 빨리빨리의 시간 싸움을 지나, 우리의 평상적 생활로 돌아가는 모양이다. 생활의 편리성보다는 마음의 편안함을 선택하고, 미래를 지향하는 전환적 사고이다. 물질의 귀중함과 정신의 소중함, 사람과 자연이 어울리는 이야기이다.

이는 또한 새로운 환경시대의 예고이다. 공해에 찌든 환경 속에서 생명체의 살아남기 전략, 생명체가 살아가는 자연환경의 회복, 이는 DNA를 기초로 하는 우리들의 사고思考의 진화進化인지도 모른다. (2003. 5)

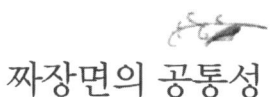

짜장면의 공통성

지금 자장면은 짜장면의 표준화된 말이고 쟈쟝면, 짜쟝면, 자쟝면, 짜장면, 쟈장면, 쨔장면 등의 여러 소리가 나지만, 우리는 어떻게 소리 내든지 그 범주에만 들면 그런 줄로 안다. 익숙한 말은 그 말 하나하나, 혹은 그 조합에 연연하지 않고, 그 말의 전체 모양으로 인식하기 때문이다. 자장면은 듣거나 먹거나, 익숙하고 마음이 편하다.

몇 년 전에, 주위에서 만나는 중국 친구들에게 수차례 짜장면에 관하여 물어본 적이 있지만, 모두가 잘 모른다는 얘기였다. 동일한 물음에 대한 여러 사람의 동일한 반응이다. 언젠가 한 텔레비전 방송의 짜장면의 유래에 관한 프로에서도, 역시 자장면의 중국에서의 지명도는 그리 높지 않다는 것이었다. 그러고 보면 짜장면은 중국 화교들이 탄생시킨 한국에서 성공한 대표적인 음식이다. 남녀노소도, 지역성도 없이, 다양한 사람들의 성향과 요구를 공통적으로 충족시키고 만족시키는 것이다. 외래문화가 토착문화 속에서 자생한 좋은 예이다. 짜장면이 가지는 그 공통적인 특성은 무엇일까? 특유의 냄새와 누구나 먹기에 무리감을 주지 않는 편안함, 이것은 자장면의 특수성이 가지는 일반성이다.

어떤 유전자가 고장 난 세균에 효모나 식물 유래의, 그와 유사한 유전자를 넣어주면 훌륭하게 작동한다. 성장이 부실하던 세균이 왕성하게 자라나는 것이다. 식물과 효모와 대장균은 전혀 크기와 모양이 다른 종種이지만, 유사 유전자는 서로 공통으로 작동한다. 물론 모든 유전자가 다 그런 것은 아니다. 이것은 오랜 옛날에, 모두가 하나의 세포에서 여러 갈래로 나뉘어 진화해 왔기 때문이고, 또한 생명체의 기본적 동작은 동일하기 때문이다. 그러므로 다

른 생물종 사이에서도 생명을 구성하는 중요한 유전자는 기본적으
로 하나로 통한다. 이것은 유전자의 특수성과 일반성이다.

"눈물에 번쩍이는 짜장면,
그 눈물을 가슴에 재우면서 먹는 짜장 곱빼기,
울컥이는 목으로 넘어가는 긴 면발이,
소금기 절은 목울대로 상처 까맣게 타 들어가,
마침내 제 스스로 단맛이 찾아드는 짜장면"

(김금용, 〈짜장면〉)

그 눈물은 무슨 눈물이었을까? 말 못하는 울분의 눈물이었을
까? 성향과 주장이 다른 우리에게서 자장면이 나타내는 공통성,
그 의미를 생각해본다. (2003. 9)

레디메이드인생인가?

-미움과 사랑과 공존-

생명의 탄생과 죽음의 긴 역사 속에서, 지금 이 지구상에는 수많은 사람들이 살아가고 있지만, 얼마나 많은 사람들이 살다가 갔는지는 알 수가 없다. 그러나 그동안 같은 모습과 같은 생각으로 살다간 사람은 아마도 없을 것이지만, 또한 그 살다가는 길에서 전혀 새롭게 나타나는 일도 아마 없을 것이다. 이것은 오고 가는 사람은 항상 새롭지만, 그 사람들이 살아가는 모습은 비슷하여, 변화하는 지구환경 속에서도 그들이 펼치고 만들어 가는 일들은 일정한 범위 안에서 일어나기 때문이다. 그러므로 사람들이 이 세상을 살아가면서 겪는 기쁨과 슬픔, 행복과 불행이라는 현실은, 그 대부분이 이미 새삼스러운 얘기가 아니라는 것이다.

사람은 모두가 동일한 유전자를 가지고 있지만, 그 유전자의 성능이 같지가 않고, 각 유전자의 움직임을 제어하는 DNA의 배열이 조금씩 다르다. 그러므로 지구상에 사람이 출현한 이래로 같은 사람은 없으며, 더구나 변화하는 환경에 따라서, 사람은 더욱 다른 모습으로 나타나는 것이다. 이러한 사람들이 만나는 시공간의 속에서, 현실은 영속을 지향하는 생명체에게는 가장 중요한 만남이 된다. 이것은 현실의 단절이 곧 죽음을 의미하기 때문이다. 그러므로 세상 사람들은 만나는 현실에 희로애락하고, 더욱 매달리게 되는지도 모른다.

그러나 사람들이 그 속에서 살아가는 현실은, 고정적이지도 영원하지도 않으며, 시간과 공간에 따라서 그 모양과 색상이 다르다. 마음에 따라서 현실은 동일한 모습으로, 혹은 다른 모습으로 나타나기도 한다. 다른 공간에는 다른 현실이 일어나고 있으며, 같은 공간에서도 과거, 현재, 미래를 통하여 전개되는 현실이 다르다. 현실의 모양은 때와 장소에 따라서 다르고, 사람에 따라서 다르게 보이는 것이다. 환경의 변화와 유전자의 움직임이 만들어 내는 사람의 모양새가 각양각색이듯이, 그 마음이나 생각 또한 제 각각이며, 사람들은 모두가 자신의 현실 속에서 세상을 살아간다.

그러나 사람마다 다른 그 현실이 동일성을 나타나는 공감대共感帶의 위에서 세상은 흐르고, 상대적 가치를 따라서 세상은 흘러간다. 그 공감대에 대한 동질성에는 사람마다 정도의 차이가 있거나, 전혀 다르기도 하다. 그래서 사람들은 자신의 현실 속으로 다른 사람을 유인하거나, 세상의 흐름을 유도하기도 한다. 그 현실이 서로 부딪칠 때에는 현실적 가치의 획득 가능성을 따라, 시공을 초월하여 동지가 되기도 하고, 적이 되기도 한다. 현실적 가치에 따라서 미움과 사랑, 적과 동지의 양극이 수시로 바뀌는 것이다.

역사는 반복한다고 했던가, 이러한 현실 역시 새삼스런 것이 아니다. 너의 현실과 나의 현실이 이 세상 속에서 공존한다는 가치의 공감대가, 삶을 더욱 풍요하게 해줄 것이라는 우리의 현실은, 언제나 어디에서나 만나게 될까? (2004. 3)

이 책은 2003년 초부터 "인터넷 문학의 즐거움"의 "DNA와 생명공학" 분류에 올렸던 글을 정리한 내용입니다. 1991년에서 2000년 초까지 우리나라의 경제적 부흥의 시기를 타국에서 보내고 돌아와서, 다시 우리의 생활에 익숙해 가는 동안, 경제적 정체와 사회정치문화의 역동성에서 부딪치는 우리들의 일상생활의 모습들을, 생명공학의 관점에서 쓴 글입니다. 김한순 시인의 권유로 쓰기 시작한 글들이 어느덧 책 한 권의 분량이 되었습니다. 이러한 졸작들을 찾아내어, 출판의 기회를 제공하여 주신 도서출판 함께 읽는책의 김영호 사장님과, 처음부터 끝까지 몇 차례의 교정에 힘 기울여 주신 편집부에 심심한 감사를 드립니다.

또한 DNA 유전자는 우리 자신과 생활과 이 사회 속에서 보이지 않지만 변함없이 움직이고 있음이, 이 책의 독자에게 전해질 수 있는 작은 기회가 되기를 바랍니다.

우리는 레디메이드인생인가?

-생명공학이 말하는 우리의 삶-

초판 1쇄 인쇄 2004년 6월 10일
초판 1쇄 발행 2004년 6월 22일

지은이 | 노민석
펴낸곳 | 함께읽는책
펴낸이 | 김영호
주소 | 서울시 관악구 신림1동 1631-19
전화 | 02-852-7845
팩스 | 02-839-7846

가격 | 8,000원
ISBN 89-90369-31-2 03800